Les Chroniques de Khalitekla

Du même auteur :

La Pierre d'Azur

Au temps où les fées dansaient, Tome 1

Rose P. Katell

Les Chroniques de Khalitekla

Couverture réalisée par Lineora

À Virginie, sans qui je n'aurais peut-être jamais commencé à coucher mes histoires sur le papier.

Il y a longtemps, à une époque très lointaine, les Ailés vivaient sur terre, parmi les Hommes. Les êtres de ce peuple ne différaient pas tant de ces derniers, si ce n'est que leur dos se voyait muni d'une magnifique paire d'ailes. Pour certains, les Okars, ces ailes étaient blanches. Pour d'autres, les Deskars, elles étaient noires. Cette distinction était d'ailleurs à l'origine de leur surnom : les plumes-blanches et les plumes-noires.

Parmi ces individus, il en existait dotés de pouvoirs. On les nommait « les mages ». Vénérés des Humains, il n'était pas rare que ceux-ci leur demandent un service ou l'autre.

Mais un jour, les Hommes prirent peur face à leur magie et se mirent à les chasser. Durant de nombreuses années, les Ailés furent pourchassés et exécutés...

Puis naquit un Okar aux pouvoirs multiples et incroyables. Nul ne le savait encore, mais il allait tous les sauver...

Âgé d'à peine un peu plus de vingt ans, Rakael – tel était le nom de ce plume-blanche – s'effraya de voir les siens disparaître, décimés par les Sans-Ailes. Bien des fois, il tenta de communiquer avec ces derniers, de leur faire saisir que son peuple n'était pas une menace. Mais trop bornés et aveuglés par leur folie meurtrière, ils ne voulurent rien entendre et continuèrent à les traquer.

La guerre était proche, Rakael le sentait bien. Les Ailés ne pouvaient comprendre ni pardonner leurs ennemis. Il prit alors sa décision. Il leur fallait partir, quitter la Terre et trouver un endroit où les Humains ne pourraient plus jamais les accabler.

C'est ainsi que, rassemblant tous ses pouvoirs, Rakael créa le royaume de Khalitekla. On raconte qu'il vola haut dans le ciel, jusqu'à un point encore jamais atteint, et qu'en deux jours, il construisit son pays aérien, invisible aux yeux des Hommes.

Petit à petit, il encouragea son peuple à le suivre et bientôt, les Ailés disparurent de la surface du globe, n'y laissant au fil des années qu'un vague souvenir.

Encore aujourd'hui, il est possible de trouver des traces de leur existence dans certaines légendes, sous l'appellation d'« anges » et « démons »…

Au début, vivre à Khalitekla s'avéra compliqué pour la plupart des Ailés. Il leur fallait reconstruire toute une vie et nombreux furent ceux qui se tournèrent vers leur sauveur, celui qu'ils considéraient dès à présent comme un Dieu.

Durant de longues années, Rakael les aida à bâtir et fortifier le royaume mais, vieillissant, il finit par se retirer dans ce qui était devenu son antre : un temple au beau milieu d'une forêt. Et juste avant de s'y rendre, il lança un enchantement sur tous les habitants de son pays. Désormais, tous posséderaient au moins un pouvoir : l'invocation d'une arme propre à soi-même. Ainsi, il était sûr que ce qu'il s'était passé sur Terre ne se reproduirait plus jamais…

Beaucoup tentèrent d'aller le trouver dans son antre pour lui demander conseil, mais les arbres se refermaient sur eux et finissaient toujours par les égarer. On ne les retrouvait que bien des jours plus tard.

Ce qui aujourd'hui s'appelle « le dédale de Rakael » semblait dès lors être devenu son dernier lieu de repos. Aucun Okar ni aucun Deskar ne le revirent plus jamais.

La vie continua son cours et le royaume fleurit, accueillant chaque nouvelle naissance avec joie, la considérant comme un miracle de Rakael. Les jours de malheur du peuple des Ailés ne semblaient plus qu'être un mauvais souvenir.

Tout allait pour le mieux.

Mais au fil des années, des incidents se produisirent et la population en vint à ressentir le besoin de se faire protéger. Il leur fallait un roi ! Innombrables furent ceux qui prièrent pour le retour de Rakael, leur Dieu sauveur, mais jamais il ne répondit à leurs appels.

Les Ailés finirent par convenir qu'ils devaient eux-mêmes élire leur monarque, mais la décision s'avéra difficile. Qui choisir ? Un plume-blanche ? Un plume-noire ? Comment se montrer juste dans ce choix ?

Or, dans un quartier modeste de Khalitekla, vivait un Okar d'une trentaine d'années, fort brave, qui ne manqua pas de se faire remarquer lorsqu'un nouvel incident éclata.

En effet, un jour, un plume-noire s'attaqua aux habitants du royaume. Convaincu qu'ils avaient tous été dupés par Rakael et qu'on les maintenait prisonniers, il tua même de sa main les quelques Ailés qui tentèrent de le raisonner. Le Deskar avait sombré dans une folie destructrice…

C'est alors que l'Okar intervint. Tous furent impressionnés par sa force et son courage lorsqu'il désarma l'ennemi. Mais ce qui les éblouit le plus fut la bonté dont il fit preuve, car à la place d'éliminer le Deskar, il lui proposa un compromis : s'il quittait Khalitekla et n'y remettait plus jamais les pieds, il aurait la vie sauve. Acceptant la sentence, le plume-noire devint le premier déchu de l'histoire du royaume.

Le sauveur du peuple s'appelait Stéphane et tous, aussi bien Okars que Deskars virent en lui le monarque idéal. Rapidement, il fut élu roi et prit pour reine une jeune plume-blanche du nom d'Alanah.

Le hasard voulut que, sur le trône, ne se succédassent que des Okars.

Au fil du temps, à cause de cela, certaines rumeurs virent le jour parmi les Deskars et ceux-ci accusèrent les plumes-blanches de faire preuve de discrimination. Bientôt, un groupe de haine envers les Okars se forma. Ses membres se retirèrent à l'est du royaume, dans un vieux manoir abandonné, où ils élaborèrent leurs plans, à l'abri de tout.

Ainsi naquit le clan des Bazori.

Au départ, ce clan ne fit que mépriser les plumes-blanches. Mais les années passant, ses adhérents en vinrent à commettre crimes et meurtres pour « le bien des Deskars ». Tout le pays se mit à les craindre et les efforts du Roi pour les arrêter restèrent vains. Ils étaient bien trop nombreux, et leur manoir, bien trop gardé.

Suite à leurs actes, une haine envers les plumes-noires s'installa peu à peu dans le peuple et un Okar nommé Ehuel fit bientôt parler de lui. Convaincu que tous les Deskars étaient aussi affreux que les Bazori, il commença à en éliminer progressivement. Plumes-blanches comme plumes-noires tentèrent de l'abattre et de mettre un terme à ses agissements, mais hélas, il continua, paraissant de plus en plus fort et puissant au fur et à mesure que le temps passait. On l'accusa même d'user de magie noire, et le monarque qui régnait en ce temps, faute de parvenir à l'éliminer, le déclara déchu.

Bien des années plus tard, un combat avec une Bazori du nom d'Évangeline lui fut fatal, mais on raconte qu'avant de rendre son dernier souffle, Ehuel jura de revenir pour se venger des Deskars…

Les siècles passèrent sans que le déchu ne refasse parler de lui et tous l'oublièrent. Il ne fut bientôt plus rien, sinon une légende pour effrayer les enfants…

Je me prénomme Kida et je suis l'actuelle souveraine de Khalitekla. Après ce qu'il s'est passé et avec l'aide de plusieurs personnes, j'ai décidé d'écrire cet ouvrage, afin que personne, aucun Ailé, ne puisse oublier…

Kida

Je devais avoir six ou huit ans lorsque tout a débuté. Je passais la plus grande partie de mon temps à jouer dans les jardins royaux. J'étais très souvent livrée à moi-même. Non pas que mes parents ne se préoccupaient pas de moi, au contraire, ils m'apportaient beaucoup d'amour et me couvaient énormément. Le seul problème était qu'à cette époque, les assassinats répétés des Bazori occupaient toute leur attention…

Les temps n'étaient pas sûrs et il va de soi qu'une enfant de mon âge ne pouvait sortir seule de l'enceinte du palais. Mes parents avaient très peur de tout ce qui aurait pu m'arriver si jamais je mettais le nez dehors. Comprenez-les, j'étais la princesse des Ailés, une proie idéale pour les Bazori ! En effet, quoi de plus simple que d'enlever l'héritière du couple royal pour déstabiliser tout un pays ? Comprenez aussi qu'à cet âge-là, une petite fille n'a que faire des affaires du royaume et veut explorer le monde qui l'entoure.

C'est pour ça que ce jour-là, je suis sortie malgré l'interdiction parentale.

Je me souviens m'être émerveillée devant une

multitude de choses : les arbres à chaque coin de rue, les gens qui m'environnaient. Même les papillons me semblaient plus beaux hors du palais. Je n'avais encore jamais quitté le château et ses alentours – le cœur de la cité –, et je me suis juré de ne pas trop m'éloigner. Je devais au moins demeurer dans la cité, la « capitale » du royaume et probablement l'endroit le plus sûr. Plusieurs choix se sont donc offerts à moi : rester dans les rues de Yoral – le quartier bourgeois –, explorer les boutiques de la grande place ou me diriger vers le parc Roi Stéphane. J'aurais également pu m'éloigner un peu plus et gagner le bois d'Alanah, mais il ne faisait pas officiellement partie de la cité et je risquais de m'y perdre.

Comme j'avais toujours eu envie d'aller au parc, c'est là-bas que je me suis rendue. Je n'avais pas conscience que, lorsque mes parents s'apercevraient de ma disparition, c'est à cet endroit qu'ils viendraient me chercher en premier lieu.

Je suis donc entrée dans ce fameux parc et… j'ai été déçue ! Il ne ressemblait pas du tout au parc de mes dessins, avec des fleurs, des bancs et des gens pique-niquant près d'un ruisseau. Il n'y avait même pas d'herbe ! L'endroit s'apparentait à un désert de terre avec quelques arbres morts et une balançoire en morceaux. Bien évidemment, j'ignorais que le clan infernal l'avait ravagé quelques jours plus tôt…

Comme j'étais une petite fille plutôt capricieuse, je me suis assise à même le sol et j'ai boudé pendant un long moment. À l'époque, je râlais pour tout et rien.

Puis, soudainement, quelqu'un est venu me tirer de

mes railleries :

– Tu fais du boudin ?

Surprise, j'ai relevé la tête pour faire face à une enfant de mon âge. Une plume-noire. Ses cheveux bruns étaient foncés et ses yeux, de braise. Elle portait une tunique noire qui faisait ressortir la chaleur de son regard en amande et je l'ai examinée de haut en bas, oubliant mes bonnes manières.

– T'as perdu ta langue ? m'a-t-elle interrogée.

– Non.

– Que fais-tu ici ?

Alors, je lui ai raconté ma « fugue ». Tout le temps de mon récit, elle m'a dévisagée avec de grands yeux ronds.

– Si les Bazori te trouvent, tu vas te faire tuer ! m'a-t-elle prévenue.

Cet avertissement avait été prononcé d'un air presque triomphant – air que je n'ai pas compris à l'époque. Elle m'a ensuite demandé mon nom.

– Kida, ai-je répondu.

– Eh, c'est presque comme moi ! Je m'appelle Kira.

Me rappelant mes bonnes manières, j'ai tout de suite dit :

– Enchantée.

– C'est bien d'être une princesse ?

Sa question m'a désarçonnée tant je ne m'y attendais pas. Mais je me suis quand même mise à lui raconter ma vie d'héritière, les privilèges dont je bénéficiais, mais aussi les interdictions et les poids qui, même si je n'en étais pas encore totalement consciente, pesaient sur mes épaules.

À son tour, elle m'a relaté sa vie. Elle vivait avec son

17

père et n'avait plus de mère. Elle non plus, elle n'avait pas le droit de sortir de chez elle et, comme moi, elle s'était enfuie pour découvrir le royaume. Nous avions eu la même idée !

– Tu n'es pas déçue de ce parc, Kira ? l'ai-je alors interrogée.

– Non, il est super comme il est !

– Quoi !?

Son enthousiasme me dépassait.

– Mais oui ! Maintenant, on peut faire des batailles de terre et ça change du reste de la cité ! Ce parc a un côté d'aventure qu'il n'y a nulle part ailleurs !

En regardant mieux autour de moi, j'ai constaté qu'elle avait raison. L'endroit était parfait pour s'amuser. Ce que nous avons fait jusqu'à ce que…

– Kira ! Que fais-tu ? nous a interrogé une voix.

– Papa, je…

– Tiens, tiens ! Mais qui avons-nous là ? La jeune Princesse…

Le Deskar qui se tenait devant moi – et que ma nouvelle amie avait appelé papa – m'a glacé d'effroi, me foudroyant sur place. Il était très grand et avait une carrure imposante. Son regard noir était maléfique et son sourire en coin ne laissait rien présager de bon.

Sur le coup, j'ai eu très peur. Je ne savais pas ce qu'il me voulait et je n'étais pas certaine de vouloir le savoir. Après m'avoir contemplée dédaigneusement, l'impressionnant plume-noire m'a demandé :

– Qu'est-ce qu'une petite fille comme toi fait hors du château ? Ce n'est pas très prudent…

Son ton de voix était plus que menaçant et, si je

n'avais pas été pétrifiée par la crainte sourde qu'il m'inspirait, je serais sans doute partie en deux battements d'ailes. J'avais tellement peur que je ne n'ai pas su ouvrir la bouche pour lui donner une quelconque réponse.

— Eh bien, petite ! Ce n'est pas très poli de ne pas me répondre…

— Je… je… ai-je balbutié.

— Ne lui réponds surtout pas !

C'était mon père qui venait de parler. Il était là, à mes côtés, prêt à intervenir si le plume-noire m'approchait. Par prévention, il avait même invoqué ses épées jumelles. Je ne l'avais encore jamais vu faire ça. Il n'était pas du tout un combattant, mais bien quelqu'un de pacifique.

D'aussi loin que je m'en souvienne, mon paternel avait toujours été là pour me sortir de toutes les situations dans lesquelles je me mettais jusqu'au cou. Il faut bien avouer que, pour me mettre dans les ennuis, j'étais championne. Mais ça, c'est une autre histoire…

Heureusement, une fois encore, il était là. Je me rappelle très bien que le père de Kira n'a pas eu l'air d'apprécier de le voir. Pas du tout même.

— Millos, quelle surprise ! s'est-il exclamé. Cette jeune enfant est ta fille ?

— Ne joue pas les innocents, Belogor ! Ne t'approche plus jamais d'elle…

Je n'avais jamais entendu mon père parler d'une voix aussi dure. Le Deskar a ri d'une manière que je qualifierais de maléfique et s'est envolé, emmenant ma nouvelle amie avec lui. Puis, mon paternel m'a regardée et j'ai su qu'il était très en colère contre moi. Pourtant, je ne pensais pas avoir si mal agi ou du moins, je l'ignorais encore. Je suis rentrée au palais avec lui et il ne m'a pas dit un seul mot de tout le chemin. Ce n'est que lorsque nous sommes arrivés au château qu'il a enfin pris la parole. Sa voix était lasse.

– Kida, pourquoi t'être enfuie ?

– Je ne me suis pas enfuie… je voulais aller au parc.

– Chérie… c'est dangereux dehors et tu ne peux te permettre de sortir sans un garde ou ta mère et moi.

– Désolée…

Il m'a souri et je lui ai promis de ne plus recommencer. Néanmoins, les jours passaient et, seule dans ma chambre, je m'ennuyais de plus en plus.

Un soir, je suis entrée dans le bureau de mon père et lui ai demandé la permission de revoir Kira. Même si je ne lui avais que très peu parlé, je la considérais déjà comme une amie. Mais il m'a rétorqué que ce n'était pas possible. Alors, comme l'enfant de six – ou huit – ans que j'étais, je lui ai demandé pourquoi. Pour toute réponse, je n'ai eu droit qu'à : « Tu comprendras quand tu seras plus grande ».

J'ai quitté le bureau de mon père et j'ai pleuré toutes les larmes de mon corps. J'avais toujours détesté ces mots, si vrais, mais tellement insoutenables à mes oreilles. Je vous l'ai dit, j'étais capricieuse. Je ne supportais pas d'être mise sur le côté. À chaque fois que je voulais quelque chose, on me disait qu'il fallait que je sois plus grande. Au départ, j'ai cru que j'étais trop petite de taille, mais j'ai bien vite réalisé que ce n'était pas cela. J'ai alors essayé de « mûrir plus vite » si l'on peut dire. Cela n'a pas marché non plus, j'étais toujours trop petite…

Maintenant que j'ai parlé de ma rencontre avec Kira, je pense qu'il est temps de vous relater le jour où j'ai découvert la vérité sur elle.

Je devais avoir treize ans. J'avais beaucoup mûri – du moins assez pour que mes parents me jugent « assez grande ». J'avais grandi et je n'étais presque plus capricieuse. Presque.

Ce jour-là, j'ai voulu comprendre pourquoi il m'était impossible de revoir Kira. Cela n'avait jamais cessé de me préoccuper. Je suis donc allée trouver ma famille dans le boudoir du troisième étage, m'excusant d'interrompre leur discussion. Comme souvent depuis quelque temps, ils s'entretenaient à propos des rapports que leur envoyait une Ailée. Je n'avais pas le droit d'être dans la confidence, car mes parents ne me jugeaient pas assez âgée pour ça, mais je savais toutefois qu'il s'agissait d'une espionne infiltrée chez les Bazori et qu'ils avaient pu éviter plusieurs catastrophes grâce à elle.

Une fois sûre que j'avais toute leur attention, je leur ai tout simplement posé la question : pourquoi n'avais-je pas le droit de revoir Kira ? Ils se sont regardés, étonnés. « Elle se souvient encore de cette fille ? », avaient-ils l'air de penser. Puis, ma mère a pris la parole :

– Kida, Kira… Kira est une Bazori.

– Quoi !? me suis-je écriée.

Je me suis énervée, maugréant qu'ils me mentaient et que ce n'était pas possible. Kira ne pouvait pas faire partie du clan des impitoyables Bazori ! Mes parents ont attendu que je me calme – ils étaient très patients – pour m'expliquer que mon amie était la fille du chef du clan et qu'il m'était trop dangereux de la fréquenter. En les écoutant, j'ai réalisé que si mon père n'était pas arrivé à temps au parc, le Bazori m'aurait probablement éliminée. En comprenant cela, je n'ai pas pu empêcher un frisson de me parcourir l'échine et un léger malaise s'est emparé de moi. Cependant, je n'en ai rien montré et j'ai essayé d'être forte.

Quand mes parents ont eu fini de tout m'avouer sur mon amie et sur les Bazori, je suis montée dans ma chambre et j'ai laissé la rage me submerger. Je n'étais pas furieuse contre Kira, ni même contre son père, alors que j'aurais dû : il avait tenté de me tuer ! Non, rien de cela. J'étais en colère contre ma famille, qui ne m'avait rien dit et qui m'avait caché la vérité durant toutes ces années, et j'étais furieuse contre moi-même qui ne m'étais rendu compte de rien, en colère d'avoir été aussi naïve !

Alors, pour la deuxième fois de ma vie, je suis sortie de l'enceinte du château. Il ne faisait pas très chaud et j'ai vite regretté de ne pas avoir pris mon manteau long.

Je ne savais pas pourquoi, mais mon instinct me dictait d'aller au parc. Inconsciemment, je voulais revivre ma rencontre avec Kira. Je voulais la revoir ! J'avais besoin de l'entendre me le dire. Me dire que l'on m'avait menti et qu'elle ne faisait pas partie du clan infernal. M'assurer qu'elle ne vivait pas entourée de monstres qui n'hésitaient pas à tuer des innocents pour la couleur de leurs plumes.

Dans ma tête, les questions se sont vite bousculées. Se pouvait-il qu'elle soit du mauvais côté ? Était-ce pour cela qu'elle m'avait dit que le parc était mieux ? Parce qu'elle faisait partie du clan qui l'avait sauvagement détruit ? Était-ce elle qui avait prévenu son père de ma présence ? Allais-je la revoir aujourd'hui ?

J'ai été prise d'un violent mal de tête et me suis mise à voir flou. Mes jambes m'ont paru lourdes et se sont effondrées sous mon poids. Je me souviens avoir entendu quelqu'un m'appeler avant de m'évanouir pour quelques heures…

Lorsque je suis revenue à moi, je n'étais plus dans la ruelle menant au parc, mais dans une cabane perchée sur un arbre. Je me rappelle avoir tenté de me lever, mais des vertiges m'en ont empêchée.

– Ah ! Tu es enfin réveillée ! ai-je entendu. Comment tu te sens ?

Je ne connaissais pas la jeune fille qui se tenait devant moi. Elle était grande et élancée, sa chevelure était brune et ses yeux semblaient s'enflammer. Elle me faisait penser à quelqu'un, mais je n'aurais guère su dire de qui il s'agissait. Ma tête me lancinait bien trop !

– Tu m'entends ? m'a-t-elle demandé.

– Heu… Oui.

Je n'avais pas l'habitude de me faire tutoyer. Au palais, tous les gens me vouvoyaient et les domestiques m'avaient toujours appelée « Princesse » ou « Mademoiselle ».

Je pense être sortie assez rapidement de mon étonnement pour me décider à lui demander de s'identifier.

– Pardonnez-moi mais, qui êtes-vous ?

– Comment ? Tu ne me reconnais pas ? m'a-t-elle répondu malicieusement.

C'est à ce moment-là que j'ai compris pourquoi son visage m'était si familier.

– Kira ? ai-je soufflé, ne voulant y croire.

Mais elle s'est empressée de me donner raison en souriant. D'un coup, les motifs de ma « fugue » me sont revenus en mémoire.

– Tu... tu es une Bazori ?

– Moi aussi je suis contente de te revoir, s'est-elle offusquée.

– Désolée...

Elle a heureusement ri de ma bêtise avant de me confirmer qu'elle faisait effectivement partie du clan si redouté.

Je ne sais pas expliquer pourquoi, l'apprendre ne m'a fait ni chaud ni froid. Sans vouloir l'admettre, je m'attendais à cette réponse. Dans le fond, appartenir au clan ne signifiait pas être mauvais. On ne choisissait pas où l'on naissait.

– Tu vas bien ? lui ai-je alors demandé.

– Moi, oui ! Toi, en revanche, tu n'as pas l'air dans ton assiette...

– Ça va mieux, ai-je tenté de la rassurer.

– Que s'est-il passé ?

– Pardon ?

J'étais encore très confuse.

– Pourquoi avais-tu l'air si paniquée et pourquoi ce malaise ?

– Oh…

Je n'aurais peut-être pas dû, mais je lui ai tout raconté. De mon retour au palais jusqu'à l'entretien avec mes parents du matin. Je lui ai aussi confié mes craintes à son sujet.

– Bien sûr ! s'est-elle emportée. C'est moi la vilaine Bazori ! Je ne suis rien de plus qu'une tueuse sans cœur !

– Ne le prend pas mal surtout, je ne savais plus où j'en étais et…

– Ce n'est rien, t'inquiète pas, m'a-t-elle dit précipitamment, comme pour chasser la discussion.

Nous avons ensuite beaucoup parlé. Nous nous sommes raconté nos vies et nos ambitions. Elle ne savait pas ce qu'elle voulait être plus tard, et je devais devenir souveraine…

Puis, nous avons pris une décision. Nous nous entendions bien et ne voulions pas encore une fois rester des années sans nous voir ni même sans avoir des nouvelles l'une de l'autre. Ainsi, nous avons convenu de nous revoir toutes les semaines dans cette cabane, qu'un inconnu avait construite dans le parc.

Je suis ensuite rentrée chez moi pour retrouver mes parents, morts d'inquiétude à mon sujet. Bizarrement, je ne me suis pas fait sermonner. À la place, ils m'ont juste demandé de ne pas quitter l'enceinte du palais sans prévenir et sans accompagnement.

À partir de ce moment-là, tous les vendredis, je sortais en douce pour aller rejoindre Kira dans ce qui était devenu « notre cabane secrète ».

Il me faut maintenant parler de la partie de ma vie où tout a changé…

Je venais d'avoir dix-neuf ans. Je me sentais belle et j'avais envie de profiter de la vie. Kira m'avait appris à me rebeller et à ne pas tout accepter sous prétexte que c'était mon devoir de princesse et future reine de Khalitekla. Grâce à elle et à ses conseils, j'étais épanouie, fière et indépendante. J'avais enfin – depuis ma majorité – le droit de quitter le château sans être accompagnée. Je n'avais donc plus besoin de sortir en douce pour retrouver Kira, je devais juste m'assurer que mon père – qui s'inquiétait un peu trop pour moi – ne me fasse pas suivre par un garde pour veiller à ma sécurité.

Ce jour-là, je suis allée voir mon amie, comme chaque vendredi. Je me suis rendue à la cabane – qui avait pris un sacré coup de vieux durant les dernières années – et je l'y ai attendue.

Elle n'est arrivée qu'une heure et demie plus tard, le visage triste, m'a-t-il semblé.

– Kira ! Ça va ?

– Salut… Il faut que je te dise quelque chose d'important.

– Je t'écoute, ai-je répliqué, inquiète.

Je me suis demandé ce qu'elle pouvait bien avoir d'aussi important à me dire et me suis attendue à une mauvaise nouvelle. Je n'aurais toutefois jamais prévu ce qui a suivi. Elle m'a débité plusieurs choses : qu'enfants, on aurait dû écouter nos parents et ne pas essayer de se revoir, qu'on n'était pas du même monde, qu'elle était une Bazori, une tueuse d'Okars – ce que j'étais précisément. Pour elle, aucune amitié n'était possible entre nous...

Évidemment, je n'ai rien voulu entendre. C'était ridicule, on était amies depuis plusieurs années et je ne voyais pas pourquoi cela devait changer. Alors, j'ai protesté :

– Kida, a-t-elle tempêté, je ne peux et ne veux pas être l'amie d'une de ces satanés plumes-blanches. Ça me dégoûte ! Tu m'entends ? Tu me dégoûtes ! C'est pourtant simple à comprendre, je ne veux plus te voir...

Sur ce, elle est partie à tire d'ailes. S'il n'y avait pas eu cette haine dans ses paroles, j'aurais juré avoir vu une larme au coin de son œil, mais ça ne pouvait être que le reflet de mes propres larmes... Kira avait été ma seule amie et ma confidente, celle qui m'avait appris à vivre heureuse et à ne pas tout me laisser faire.

À l'époque, je n'en étais pas encore sûre et je ne l'aurais certainement jamais admis, mais je crois que je l'aimais... L'entendre me dire tous ces mots m'a fait plus de mal que de recevoir un poignard en plein cœur.

Je suis restée dans la cabane, assise, à pleurer la perte de mon amie. J'étais tellement persuadée qu'elle n'était pas comme les membres de son clan... Comment avais-je pu être aussi aveugle ? J'en étais si convaincue, si certaine. Kira ne pouvait pas être comme les autres, il devait y avoir une erreur !

Pour moi, elle restait mon amie et je n'arrivais pas à la haïr. Je haïssais juste le fait de la dégoûter à ce point...

Je ne voulais plus rester dans cette cabane, les souvenirs me rendaient trop nostalgique. Je suis donc rentrée à pied au château, je n'avais même pas envie de voler, je me sentais brisée.

En poussant la grille du palais, j'ai essayé de sourire et d'être la plus naturelle possible pour masquer ma peine mais, lorsqu'entrée dans le couloir principal, mon père m'a vu, il a tout de suite remarqué que quelque chose n'allait pas. Il avait toujours eu cette espèce de radar en lui qui lui permettait de savoir si j'allais bien ou non. Dès qu'il m'a demandé si je me sentais bien, j'ai éclaté en sanglots. Il m'a alors prise dans ses bras, protecteur, et m'a réconfortée, avant de m'interroger sur la cause de mon chagrin. Il faisait toujours cela quand j'étais triste.

Je lui ai tout raconté, depuis le début. Mon paternel ne m'a jamais fait aucune remarque sur le fait que j'avais désobéi, et ce pendant plusieurs années. Encore aujourd'hui, je lui en suis très reconnaissante. Il m'a écoutée jusqu'à la fin et m'a rassurée du mieux qu'il a pu :

– On ne peut pas changer les gens, Kida... Ne sois pas triste, dans la vie, le bonheur se trouve le long de la route et pas forcément à la fin. Profite de ce qu'il y a sur ta route.

J'ai acquiescé, sans réellement comprendre le sens de

ses paroles. Plus tard, j'ai su qu'il avait voulu me dire que j'avais eu la joie de connaître Kira le long de ma route, mais que ce n'était pas pour ça qu'elle se trouverait fatalement à la fin de celle-ci, même si je l'ai souvent souhaité très fort.

Je suis montée dans mes appartements, triste mais tranquillisée par les paroles de mon père, et j'y suis restée longtemps…

Quelques semaines plus tard, alors que je commençais tout juste à me remettre de la perte de mon amie, des cris de terreur m'ont réveillée : les Bazori envahissaient le château ! J'ai volé jusque dans le grand hall où un impitoyable combat avait lieu. Les gardes et même les serviteurs défendaient le palais de l'invasion du clan. Mon père se battait hargneusement avec Belogor pendant que Kira parait toutes les attaques des soldats. Des coups d'épée, l'arme la plus répandue à Khalitekla, résonnaient dans les corridors et certaines personnes commençaient à être sérieusement blessées…

Soudain, ma mère est arrivée en courant vers moi, le visage crispé par la terreur et l'horreur, et m'a attrapée par le bras pour m'entraîner dans les longs couloirs.

– Cours ! Il ne faut pas rester là !

Elle m'a amenée dans sa chambre et m'a dit qu'il fallait impérativement que l'on ne sorte pas de là. Je ne voulais pas laisser mon père tout seul alors, j'ai quitté la pièce dès qu'elle a eu le dos tourné. Je n'aurais peut-être pas dû, mais ça a été plus fort que moi…. J'ai couru jusqu'au hall.

Et j'ai été horrifiée, la bataille se déroulait dans un

véritable bain de sang ! Les Bazori avaient l'avantage malgré les combattants tombés dans leur camp. Les cadavres étaient étalés sous les pieds de ceux qui, encore debout, luttaient vaillamment, mais personne ne semblait s'en soucier réellement pour le moment. Tout dans ce hall n'était que barbarie ! Certains Okars et Deskars du palais étaient mutilés au point de ne plus avoir d'ailes ou de n'en avoir plus qu'une, ce qui était pire encore !

Soudain, Kira m'a regardée et a volé jusqu'à moi. J'ai aussitôt pris la fuite. Je ne présageais rien de bon. Elle m'avait dit qu'elle était une tueuse et moi, j'étais probablement sa victime !

– Kida ! Reviens ! m'a-t-elle crié.

Je suis entrée dans ma chambre et j'ai tenté de bloquer la porte. Malheureusement, ça n'a pas tenu bien longtemps et Kira est entrée à son tour. J'ai essayé d'invoquer mon arme, mais la terreur m'en a empêchée.

Puis, tout s'est passé très vite : mon paternel, ayant vu Kira voler vers moi, est arrivé dans la pièce pour me protéger, faisant claquer violemment la porte. Il a crié mon prénom et s'est effondré au sol, le regard vide et une épée plantée dans le dos !

Belogor se trouvait juste derrière lui, un sourire de satisfaction peint sur ses lèvres. Son regard a croisé le mien et j'ai su que j'étais sa prochaine victime ! J'étais toutefois bien incapable de bouger, je ne savais détacher les yeux du cadavre de mon père.

Kira m'a dévisagée et m'a violemment poussée par la fenêtre. Celle-ci a volé en éclat, m'entaillant la peau à plusieurs endroits. Belogor a hurlé tandis que j'essayais désespérément de battre des ailes. J'ai bien cru que ma fin était proche.

Je suis tombée durement sur le sol et ai perdu connaissance…

Je me suis réveillée dans mon lit quelques jours plus tard.

J'ai d'abord cru que j'avais fait un mauvais rêve, mais ma mère est entrée et la tristesse que j'ai lue sur son visage m'a ramenée à la dure réalité. « Où est Père ? » est la première question que je lui ai posée.

– Ton père… ton père est mort… a-t-elle répondu avant de s'effondrer en larmes.

Tout m'est revenu en mémoire ! Kira, Belogor, la bataille, mon père sur le sol et cette épée dans son dos… À mon tour, j'ai pleuré.

Quand mes larmes ont enfin arrêté de ruisseler sur mes joues, j'ai demandé ce qu'il s'était passé après ma chute. Elle m'a expliqué que le combat avait fait rage et que les Bazori avaient fini par la trouver. Ils l'ont amenée dans le hall où ils s'apprêtaient à l'exécuter lorsque soudain, l'un des carreaux s'est brisé. Un Okar est apparu et a tendu les bras, libérant une sorte d'aura noire dont personne ne connaît l'origine. Cela a toutefois fait fuir les Bazori.

Puis, ce mystérieux plume-blanche a hurlé qu'il s'appelait Ehuel. L'heure de la vengeance du déchu avait sonné.

Il a ensuite éliminé tous les Deskars qui restaient, causant une grande perte… Il a même tué les plumes-noires demeurant au palais… de fidèles amis…

J'ai recommencé à pleurer de plus belle. Non seulement, j'avais perdu mon père et beaucoup d'amis au château, mais en plus, un Okar maléfique, dont je croyais l'existence inventée pour faire peur aux plus petits, était de retour pour semer encore plus la panique dans le royaume…

Quand ma mère et moi avons fini par nous calmer, nous sommes descendues au rez-de-chaussée. Le hall avait été nettoyé mais respirait toujours la bataille. Celle-ci avait fait bien trop de victimes et personne n'avait le cœur à rire. Le retour d'Ehuel annonçait une période sombre pour la cité.

La gaieté et la joie de vivre avaient quitté le château ainsi que mon âme…

Ma rencontre avec Félix m'a beaucoup aidée.

J'avais vingt-cinq ans et je ne m'étais toujours pas remise de la mort de mon père. Je haïssais désormais Kira, que mon paternel avait suivie et qui avait tenté de me rayer de la surface du globe. Je détestais Belogor, qui avait planté l'épée dans le dos de mon père. Cependant, la personne que je haïssais le plus, c'était moi ! Si j'étais restée avec ma mère comme celle-ci me l'avait ordonné, mon père n'aurait pas eu à suivre la jeune et perfide fille de Belogor et serait peut-être encore en vie à l'heure qu'il est… Je me méprisais d'avoir été si capricieuse et de n'en avoir fait qu'à ma tête !

Je n'étais plus qu'une âme en peine. Je ne souriais

que rarement, ne sortais plus et évitais le plus de contacts possible. Ma mère s'inquiétait beaucoup pour moi, ce qui était compréhensible mais, malgré tous ses dires, je restais dans cet état.

Cette matinée-là, elle est entrée dans ma chambre pour m'annoncer une nouvelle.

– Kida, mon amie Clara viendra demain au palais avec son fils pour y vivre. Ils ne se sentent plus en sécurité depuis le retour d'Ehuel.

– Bien.

La nouvelle m'a laissée de glace, j'étais dénuée d'émotions...

Le lendemain matin, les deux Deskars sont arrivés. Clara était aussi élégante que ma mère me l'avait dit : ses cheveux blonds étaient impeccablement coiffés et son visage parfaitement maquillé. Puis, j'ai aperçu son fils. Je dois bien avouer qu'il était plutôt séduisant avec son corps svelte, sa chevelure brune et son sourire charmeur. Clara m'a saluée puis me l'a présenté. Il s'appelait Félix. Je pourrais raconter notre rencontre plus en détail, mais cela serait complètement inutile et d'un ennui profond.

Au fil des saisons, Félix et moi avons appris à nous connaître. Bien que je ne lui ai jamais rien dit de mon passé, il est très vite devenu mon confident et mon meilleur ami. Je souriais de nouveau lorsque j'étais en sa présence.

Un jour, par un bel après-midi d'été, alors que nous nous baladions dans la roseraie, il m'a proposé d'aller nous promener au parc – qui était redevenu un véritable jardin d'Eden. Bien sûr, il ne pouvait pas savoir ce que le parc évoquait pour moi, mais je n'ai su retenir le flot de mes larmes...

– Kida... s'est-il inquiété.

La compassion visible dans ses yeux m'a vraiment touchée. Il m'a doucement prise dans ses bras et m'a réconfortée. Puis, il m'a demandé s'il avait mal fait et s'il était la cause de mes pleurs. Ces gestes m'ont rappelé mon regretté père malgré moi. Je me suis blottie dans ses bras rassurants et, moi qui ne faisais plus confiance à personne depuis bien longtemps, je lui ai tout dit, me surprenant moi-même. Il s'est montré très compatissant et je n'avais jamais été aussi bien réconfortée.

– Merci... lui ai-je murmuré.

Après plusieurs minutes à rester dans les bras l'un de l'autre, Félix a prononcé mon nom et a délicatement posé ses lèvres sur les miennes. J'ai répondu à son baiser, presque instinctivement. Il avait su me redonner la joie que j'avais perdue. J'avais trouvé une nouvelle raison de vivre : lui.

Ma mère en a été très heureuse. Je voyais qu'elle aussi, elle revivait et cela me faisait plaisir. Je parvenais enfin à me défaire de l'attachement que j'avais eu pour Kira et, dans les bras de Félix, j'en oubliais même ma haine pour elle et son clan maudit...

Trois ans plus tard, j'étais mariée et attendais un enfant

Kida Dasaraël

Blake

Je me nomme Blake Dasaraël et je suis le Prince de Khalitekla. Mon père étant un Deskar et ma mère, une plume-blanche, je suis un sang-mêlé. Toutefois, l'on me considère comme un Okar, car c'est ce à quoi je ressemble. J'ai dix-neuf ans, bientôt vingt, et c'est maintenant à moi que revient la tâche de continuer ce récit…

Ce jour-là, je me réveillai plus tôt qu'à l'ordinaire.

M'étirant une dernière fois, je m'extirpai de mon lit et m'apprêtai. Une fois de plus, je manquai de peu de me cogner contre l'une des poutres du plafond. Comme le château était utilisé comme refuge pour les plumes-noires persécutés par Ehuel – et ce depuis plusieurs années déjà –, j'avais décidé de leur laisser ma chambre, pouvant aisément accueillir une famille complète, et dormais désormais dans une tourelle. À quoi bon servait le luxe si ce n'était pas pour contribuer au bien-être de son peuple ?

Déployant légèrement mes ailes pour les rendre fonctionnelles, je mis mon insigne de garde – j'avais choisi de rejoindre les rangs de nos guerriers à ma majorité afin de défendre au mieux la population – et partis de bonne heure pour faire ma ronde. Cela faisait plus d'une semaine qu'Ehuel n'avait pas fait parler de lui, c'était plutôt louche. Cependant, le déchu n'était pas le seul problème du peuple. Il y avait également les Bazori.

Si Ehuel s'en prenait aux Deskars – et aux Okars tentant de lui barrer la route –, le clan des Bazori s'en prenait aux plumes-blanches, persuadés qu'ils étaient responsables du retour du déchu et de la mort des leurs. Je devais toutefois bien laisser au clan infernal qu'il essayait lui aussi de mettre un terme aux agissements d'Ehuel…

Après un long moment, je finis de survoler la cité, ravi de voir qu'il n'y avait – pour une fois – rien à déplorer. Cela devenait de plus en plus rare.

Rentrant au palais, je me décidai à prendre des nouvelles de Mère. Elle n'était plus la même depuis la mort de Père – tué par Ehuel en protégeant ma petite sœur –, il y a de cela dix ans.

Je fus heureux de pouvoir enfin un peu replier mes ailes. Faire le tour complet du royaume était assez long. Il m'avait fallu presque un an avant de pouvoir le faire sans pause. Vu l'heure, je savais que Mère se trouvait certainement encore dans la salle du trône, à prêter attention aux requêtes des habitants. Je m'y rendis en marchant, ayant assez volé pour la matinée. La Reine y était effectivement, écoutant notre peuple. Comme je ne voulais pas la déranger, je restai dans l'ombre, attendant qu'elle finisse ses devoirs de souveraine. Je pus ainsi entendre quelques bribes de la conversation.

Si je comprenais bien, une auberge avait été détruite par Ehuel quelques semaines plus tôt, car son propriétaire hébergeait plusieurs plumes-noires. Malheureusement, le gérant n'avait pas assez de fonds pour finir sa reconstruction et beaucoup de réfugiés n'avaient plus de toit où dormir. Il fallait dire que depuis le retour du déchu, la cité n'était plus ce qu'elle était. Beaucoup d'habitations n'existaient plus et rares étaient les échoppes encore ouvertes. Beaucoup de Deskars vivaient dorénavant au palais, endroit bien plus sécurisant pour eux.

J'entendis Mère promettre à l'aubergiste d'envoyer quelqu'un et de faire tout ce qui était en son pouvoir pour l'aider. L'homme s'inclina respectueusement et sortit. C'était le dernier habitant que Sa Majesté devait écouter. Aussi, m'avançai-je dans sa direction.

– Mère, la saluai-je.

– Blake ! Déjà revenu de ta ronde ?

– Je me suis levé tôt. Pour une fois, et je sens que cela va vous apporter du réconfort, aucun dégât n'est à déplorer.

Elle s'autorisa un soupir de soulagement.

– Comment vous sentez vous aujourd'hui ? l'interrogeai-je, inquiet pour elle.

– Épuisée. Je me demande si Ehuel et les Bazori se feront un jour arrêter…

– Assurément, tentai-je de sourire. Il faut garder

espoir !

– Sans doute… me dit-elle sans conviction.

– Allez vous reposer, Mère, cela vous fera le plus grand bien.

– Je ne le peux, refusa-t-elle. J'ai encore d'autres requêtes à entendre dans l'après-midi. De plus en plus d'Ailés ont besoin de nous. Je me demande si nous arriverons à tous les aider…

– Ne vous inquiétez pas, lui murmurai-je doucement. Je m'occuperai moi-même des réclamations après le repas. Détendez-vous maintenant.

Me souriant tristement, elle me dit :

– Tu as hérité des belles qualités de ton père… Il serait tellement fier de toi.

– Il me manque, lui confiai-je.

– À moi aussi. Beaucoup, soupira-t-elle.

Un léger silence s'installa. Silence que je choisis de briser.

– Et comment se porte Arsinoé ?

– Ta sœur est faible, comme toujours… Je pense qu'elle dort encore.

– J'irai sans doute la voir après les requêtes.

Mère acquiesça et me laissa seul. J'espérai qu'elle irait se reposer.

Je me dirigeai ensuite vers les cuisines pour manger un morceau avant de retourner dans la salle du trône. Ne voulant déranger personne, je me fis à manger moi-même.

J'écoutai des réclamations pendant un peu plus de trois heures. Beaucoup – pour ne pas dire toutes –

concernaient des désagréments dus à Ehuel ou aux Bazori, les deux fléaux du royaume. J'essayai de proposer des solutions à chaque problème apporté et de me montrer le plus juste possible dans mes décisions. Ce n'était jamais facile de devoir trier les soucis des habitants par ordre de gravité ou d'importance. J'aurais tellement voulu pouvoir tous les aider d'un claquement de doigts. Malheureusement, dans la réalité, les choses ne marchent guère comme ça… Ce serait bien trop simple sinon.

Une fois qu'il n'y eut plus personne, je décidai – comme je l'avais dit à Mère – d'aller voir Arsinoé. Je volai jusqu'à la porte de sa chambre et frappai, espérant qu'elle ne dorme plus. Un faible « entrez » me répondit depuis l'intérieur de la pièce et je m'exécutai.

– C'est moi, Arsinoé, annonçai-je.

– Blake… Tu as le temps de venir me voir ? Mère m'a dit que tu t'occupais des requêtes.

– J'ai toujours du temps pour toi, lui souris-je.

Je la vis me sourire à son tour et vins m'asseoir à côté d'elle, sur son lit.

– Comment te sens-tu ?

– Un peu mieux depuis qu'on m'a apporté mon repas. J'ai su tout garder aujourd'hui.

– Tant mieux. Cela m'inquiète de te voir si pâle…

– Cela angoisse encore plus Mère, je le crains, murmura-t-elle.

– Et tes ailes ?

– Comme toujours. Je ne sais pas les déployer. Je n'aurais sans doute pas dû naître ailée…

– Ne dis pas ça ! la réprimandai-je. Je suis sûr qu'un

41

jour, nous trouverons la cause de ton mal et te guérirons.

– Tu as toujours eu beaucoup plus d'espoir que moi.

– Ça fait vivre, il paraît, plaisantai-je.

– J'aimerais pouvoir être comme toi et voir les côtés positifs de chaque chose.

– Même moi, des fois, j'ai du mal à les voir…

– Le royaume va-t-il toujours aussi mal ? s'inquiéta-t-elle.

– Oui, bien malheureusement. Mais tu n'as pas à te préoccuper de tout cela, tu es trop jeune, soufflai-je.

– Je voudrais pouvoir vous aider, Mère et toi. Même en faisant de petites tâches. Je n'en peux plus de rester cloîtrée ici toute la journée…

– Demain, je peux t'emmener faire un tour dehors, si tu le veux, proposai-je.

– Oh oui ! S'il te plaît !

– Je te le promets, lui dis-je en souriant, ravi de pouvoir lui faire plaisir.

– Merci !

Lui souhaitant une bonne fin d'après-midi, je sortis de sa chambre et partis en direction de la mienne. J'étais épuisé et désirais m'allonger un moment. J'avais l'impression que toutes mes journées se ressemblaient et cela commençait à me fatiguer. J'aurais voulu avoir ne serait-ce qu'un jour rien qu'à moi, sans attaques, dégâts ou requêtes. J'avais *besoin* de profiter d'un instant de tranquillité. Je décidai que le lendemain, ma ronde à peine finie, j'emmènerai Arsinoé à l'extérieur du palais et ne penserai à rien d'autre ! Nous en avions bien besoin, autant elle que moi.

Afin de ne pas la prévenir qu'au moment de partir, je

rejoignis la Reine, espérant qu'elle ait pris le temps de se détendre. Je frappai délicatement à sa porte. Je ne voulais pas la réveiller si jamais elle dormait. Sa voix me pria d'entrer.

– Blake, tout s'est bien passé ?

– Oui, Mère, ne vous en faites pas. Avez-vous pu vous reposer ?

– Un peu, je t'en remercie. Je peux t'aider, peut-être ?

– En réalité, j'étais venu vous prévenir que demain, j'emmènerai Arsinoé faire une balade dans l'après-midi.

– Je ne suis pas sûre que cela soit très prudent… objecta-t-elle.

Elle s'inquiétait toujours beaucoup trop pour sa fille.

– Je veillerai sur elle, je vous en fais le serment.

– Elle est si faible et…

– Mère, la coupai-je, elle en a besoin.

– Très bien, soupira-t-elle. Promets-moi de prendre soin d'elle.

– Je vous le jure, je ne la quitterai pas des yeux.

Le lendemain matin, je n'eus même pas besoin de faire ma ronde. Une des nouvelles recrues s'en chargea. J'en profitai pour sortir faire un tour de repérage. Je voulais être certain d'emmener ma sœur dans un lieu sûr. C'était absolument impératif qu'elle ne coure aucun danger. Premièrement, car elle était faible et ne pourrait pas se défendre en cas d'attaque. Et deuxièmement, parce qu'elle avait déjà été, il y a maintenant dix ans, la cible d'Ehuel. Père avait donné sa vie pour la sauver des griffes du déchu. Il ne fallait pas que son sacrifice soit vain !

Je repérai vite une clairière éloignée dans le bois d'Alanah et décidai que ce serait là-bas que j'emmènerai Arsinoé. J'étais certain que les lieux allaient lui plaire. Elle dessinait toujours de beaux endroits pleins de verdure.

Ce fut satisfait que je rentrai au palais.

À l'heure convenue la veille, je rejoignis ma sœur dans sa chambre. Une jeune Okare travaillant au château finissait de l'aider à s'apprêter. Pour une fois – et cela me réchauffa le cœur –, Arsinoé souriait, visiblement heureuse. Une petite pointe de culpabilité s'empara de moi. Avec mes rondes et mes devoirs de prince, il était vrai que je n'avais pas eu beaucoup de temps à lui accorder. Je me promis toutefois que j'allais changer ça, en commençant dès aujourd'hui !

– Prête ? lui demandai-je en souriant.

– Presque.

– Je me suis permis de vous préparer un panier avec quelques collations, intervint la plume-blanche. J'ai pensé que cela vous serait peut-être utile.

– Merci, c'est très aimable à vous.

L'Okare s'inclina et sortit de la chambre. Ce geste me mettait toujours mal à l'aise. Je n'aimais pas que l'on me considère plus important qu'un autre. Je ne reniais guère mon statut de prince mais, je voulais que l'on me voie comme Blake. Juste Blake.

– Où vas-tu m'emmener ? me demanda Arsinoé.

– C'est une surprise.

– Tu sais que je suis curieuse, dis-le-moi. S'il te plaît, m'implora-t-elle.

– Hum… Non ! la taquinai-je en lui tirant la langue.

– Blake !

– Tu verras quand on y sera, rigolai-je.

À son tour, elle laissa un rire sortir de sa gorge. J'aimais la voir si joyeuse. J'aurais presque pu avoir l'impression qu'elle ne souffrait d'aucun mal s'il n'y avait eu son teint pâle, sa maigreur alarmante et ses ailes aux plumes vrillées et grises, sûrement ternies par la maladie inconnue qui la rongeait.

– C'est bon. Je suis prête ! me déclara-t-elle en finissant d'attacher ses cheveux, aussi blonds que les miens.

– On est parti ! déclarai-je à mon tour en me mettant en route.

Comme elle s'était forcée à prendre un petit-déjeuner bien consistant, Arsinoé avait assez de force pour marcher seule pendant un moment. Puisqu'elle était incapable de voler, nous partîmes du palais à pied et, au bout d'une demi-heure de route, je fus obligé de constater que je dépendais trop de mes ailes. Mes pieds me faisaient déjà souffrir ! Arsinoé semblait aussi commencer à se fatiguer.

– Arsinoé ?

– Oui ?

– Je sais que Mère n'approuverait pas mais… pour arriver plus vite, je peux t'emmener en volant.

– D'accord ! acquiesça-t-elle, souriante.

– Mais pas un mot à Mère de ceci.

– Promis.

Je la pris dans mes bras telle une jeune mariée et battis des ailes.

– J'aimerais tellement pouvoir déployer mes ailes, moi aussi… me confia-t-elle.

– Un jour, tu le pourras. Je te l'assure.

Rapidement, nous arrivâmes à la clairière repérée ce matin. Comme je le pensais, les lieux lui plurent beaucoup et elle s'émerveilla devant un tas de choses.

– L'endroit est merveilleux, Blake ! Merci, merci, merci !

Riant devant sa joie prononcée, je dis :

– Je comptais bien sur le fait qu'il te plaise.

– J'ai l'impression que ça fait une éternité que je n'étais plus sortie de ma chambre !

– C'est un peu de ma faute, m'excusai-je. Je t'ai quelque peu délaissée ces temps-ci, j'en suis désolé.

– Ce n'est pas de ta faute. Tu avais d'autres problèmes à régler, me rassura-t-elle.

Je lui souris, étonné de toute la maturité dont elle faisait preuve du haut de ses quatorze ans.

– Mère avait l'air très fatiguée lorsqu'elle est venue me voir, me confia-t-elle tristement.

– Elle l'est. J'essaie de faire en sorte qu'elle se repose, mais les charges de reine pèsent de plus en plus lourd sur ses épaules. Elle se sent chaque jour un peu plus impuissante face aux malheurs du royaume.

– À cause d'Ehuel ? frissonna-t-elle.

– Et des Bazori. Leur chef, Vastoch, fait beaucoup de victimes. Je n'ai encore jamais eu à l'affronter, mais on dit qu'il est barbare et sanguinaire ! Sa fille, que l'on surnomme « La Fleur du Chaos », est aussi une redoutable guerrière.

– Et elle, tu l'as déjà combattue ? me demanda-t-elle, intéressée par la conversation.

– Plusieurs fois, oui.

– Tu as gagné à chaque fois ?

– Non, j'ai même parfois cru que j'allais y rester. Kadaria est une très bonne combattante. Je n'ai jamais réussi à la capturer ni à la blesser très sérieusement. Mais, arrêtons de parler de cela et mangeons, veux-tu ?

Arsinoé acquiesça et nous entamâmes le repas que l'Okare nous avait préparé plus tôt. C'était très bon et nous passâmes un agréable moment. Je me réjouissais de voir ma sœur aussi joyeuse et insouciante…

Soudainement, un bruit d'ailes attira mon attention. Méfiant et ne voulant prendre aucun risque, j'emmenai Arsinoé à l'ombre des arbres.

– Que se passe-t-il ? me demanda cette dernière, légèrement affolée.

– Quelqu'un approche. Ne bouge pas, lui recommandai-je.

– Tu crois que c'est *lui* ? m'interrogea-t-elle alors qu'un frisson lui remontait le long de l'échine.

Je savais qu'elle parlait d'Ehuel et qu'elle en avait très peur depuis toute petite.

– J'espère que non… Ne crains rien, je ne laisserai personne te faire du mal !

– Comme Père…

Elle tremblait désormais et je la pris dans mes bras pour la rassurer. Je savais, bien qu'elle n'en parlait jamais, qu'elle se sentait responsable de la mort de notre père, même si elle n'y était pour rien.

J'aperçus bientôt la personne survolant les environs. Il s'agissait de Kadaria, la fille de Vastoch ! Elle devait faire un tour de reconnaissance. Du moins, c'est ce que je supposai, car elle volait haut. Si nous ne bougions pas, elle ne nous verrait pas et c'était au mieux, car bien que je sois de taille à l'affronter, je préférais éviter la bataille tant qu'Arsinoé était avec moi. Les Bazori ne s'en prenaient pas aux plumes-noires, mais en tant que princesse des Ailés, Arsinoé n'était pas à l'abri du danger, de mon avis.

Comme je l'espérais, la Fleur du Chaos ne nous remarqua pas et continua son vol.

– Qui était-ce ? me questionna ma petite sœur avec une voix toute penaude.

– Kadaria.

– La Fleur du Chaos ?

Je hochai la tête. Ne sachant pas si d'autres Bazori allaient arriver, je décidai d'écourter quelque peu notre sortie et ramenai Arsinoé en sécurité, au palais. Mère nous y attendait, soulagée de nous voir rentrer. D'un commun accord, nous ne lui parlâmes pas de Kadaria. Il ne servait à rien de l'inquiéter plus que de raison. Je raccompagnai ma petite sœur à sa chambre et fut touché lorsqu'elle me remercia pour l'après-midi. Je redescendis ensuite au rez-de-chaussée où la Reine se trouvait toujours.

– Elle semblait si heureuse, me dit-elle, un sourire sincère sur le visage.

– Je pense que prendre l'air lui a fait beaucoup de bien.

– Quel dommage que les temps ne soient pas plus sûrs, elle pourrait sortir bien plus souvent… s'attrista-t-elle.

– Avec votre accord, Mère, j'aimerais l'emmener dehors au moins une fois par semaine.

– Bien, mais soyez prudent. Je ne supporterais pas de vous perdre, vous aussi…

Je lui promis que je ne laisserai rien nous arriver et elle m'embrassa sur le front avant de s'éloigner.

Je fus réveillé en pleine nuit par un garde.

– Les Bazori ! Sur la grande place !

Je me levai en toute hâte et fonçai vers l'endroit indiqué. Les Bazori n'y étaient déjà plus, ayant mis le feu sur leur passage ! Celui-ci se propageait rapidement et tous tentaient de l'éteindre.

Même s'il n'y avait plus personne à combattre, je savais maintenant pourquoi on m'avait fait venir au plus vite sur le lieu du crime. Ils avaient besoin de mon pouvoir.

Me concentrant, je diminuai les flammes une à une pour enfin pouvoir les faire disparaître. Il y en avait beaucoup et cela me prit pas mal de forces, mais je finis par venir à bout de cet incendie. Bien qu'étant pyrokinésiste, j'avais plus l'habitude de créer du feu lors des batailles que de le maîtriser lorsqu'il avait une telle ampleur !

C'était dans ce genre de situation que je me

réjouissais de ne pas avoir grandi et vécu à une époque plus lointaine, lorsque les mages étaient contrôlés, méprisés, humiliés et parfois même bannis du Royaume. Et tout cela seulement par esprit de vengeance. Pour les Ailés ayant connu la première ère de Khalitekla, c'était à cause des mages qu'il avait fallu quitter la Terre, de la faute des mages si les Hommes avaient commencé à nous pourchasser. Heureusement, le Roi Micah, sixième roi des Ailés, avait mis un terme à cette « magophobie ». Tout acte de violence envers une personne pratiquant la magie était depuis lors condamné.

Soudain, je sentis une douleur fulgurante me transpercer l'épaule et, dans un cri de souffrance, je me retournai.

La Fleur du Chaos ! Elle était là, déjà loin de moi, à me dévisager avec hargne.

– Un jour, tu cesseras de ruiner nos plans, Petit Prince ! cracha-t-elle.

– Pas de mon vivant !

– Si ce n'est que ça…

Ce disant, elle vola rapidement dans ma direction. J'eus tout juste le temps de l'éviter. Avant qu'elle ne saisisse la chance de retenter une attaque, j'invoquai mon épée. Sa lame étant en diamant, elle était assez lourde, mais j'étais apte à la manier aisément et à l'enflammer au besoin. Me regardant sournoisement, la Bazori invoqua quant à elle sa lance double. Je restai méfiant. Pour l'avoir déjà combattue à plusieurs reprises, je savais qu'elle était également capable de matérialiser une seconde arme, un poignard. Nous nous dévisageâmes en chien de faïence.

La Fleur du Chaos était loin d'être une Deskare ordinaire. Ses ailes n'étaient pas constituées de plumes noires, mais ressemblaient plutôt aux membranes d'une chauve-souris. À la différence de ces dernières, elles étaient tranchantes, pouvant infliger des blessures mortelles, et lui offraient une protection infranchissable si jamais elle s'enroulait dedans. Ses ailes étaient également bien plus grandes que la moyenne et je me demandais souvent si cela ne l'entravait pas dans certains de ses mouvements. Elle avait de longs cheveux qu'elle attachait en une tresse pour ne pas être gênée en guerroyant et des yeux bleus limpides qui contrastaient avec le reste de son apparence.

Après m'avoir dévisagé, Kadaria envoya sa lance de toutes ses forces en ma direction. Je n'eus aucun mal à l'éviter et créai une boule enflammée que je lui jetai en retour. Elle se protégea d'une aile, tentant de garder un certain équilibre. Elle était quelque peu désavantagée en combat aérien. Elle ne pouvait s'enrouler dans ses ailes sans tomber lourdement au sol et ne pouvait pas non plus se servir d'elles comme armes. Elle ne pouvait pratiquement compter que sur sa lance.

D'un geste du bras, elle la rappela et fonça sur moi. Je parai ses coups de mon épée et enflammai cette dernière. Je réussis à lui infliger une blessure au flanc.

Criant de douleur, la Deskare se rua une fois de plus sur moi. Le combat fut acharné et la Bazori ne cessa de se battre que lorsque les gardes arrivèrent en renfort. Comme une lâche, elle s'enfuit vers sa tanière !

– Prince ! Vous n'avez rien ?

– Je vais bien, les rassurai-je.

Après m'être assuré que tout allait bien sur la grande place, je rentrai au palais désinfecter rapidement mon épaule et prendre un bain, je m'occuperais de soigner convenablement la blessure plus tard. Pendant ce temps, je me demandai pendant combien de temps les Bazori allaient encore s'en prendre aux plumes-blanches. Je n'avais en effet pas pu m'empêcher de remarquer que toutes les habitations enflammées étaient des maisons où vivaient des Okars. Cela ne pouvait plus durer !

Épuisé par mon combat avec la fille de Vastoch, je m'endormis très facilement et ce fut Mère qui m'éveilla le lendemain.

– Blake ? fit-elle en me secouant. Tout va bien ?

– Mère ? Que se passe-t-il ?

– Je m'inquiétais. Il est plus de midi et personne ne t'avait encore vu dans le château. Comme d'ordinaire, tu es toujours le premier levé, je commençais à me demander s'il t'était arrivé quelque chose…

Midi passé ? Mon combat m'avait bien plus épuisé que ce que je ne l'avais d'abord pensé ! M'excusant auprès de Mère pour l'inquiétude que je lui avais causée, je pris vite un petit-déjeuner et sortis faire mon tour de garde. Heureusement, il n'y avait pas eu d'autre incident depuis l'incendie.

Je me réjouis de constater que la solidarité n'avait pas disparu de la cité. Les habitants de la grande place n'ayant plus de logis s'étaient vus invités chez ceux qui en possédaient toujours un, et déjà, l'on s'affairait à sauver tout ce qui pouvait l'être.

Je rentrai chez moi quelque peu soulagé et m'interrogeai sur un autre point. Où était Ehuel ? Son absence ne me disait rien qui vaille. J'étais persuadé qu'il préparait quelque chose et étais déterminé à apprendre de quoi il s'agissait. L'ennui était que je n'avais aucun moyen de le découvrir, personne ne sachant où se trouvait son repère...

Me refusant à y penser, j'allai prendre des nouvelles d'Arsinoé. Je ne savais pas si on l'avait mise au courant pour l'incendie.

– Blake ? fit-elle en me voyant. Quelque chose ne va pas ? Tu es tout pâle !

– J'ai eu une dure nuit, expliquai-je. Et toi, comment vas-tu ?

– Comme d'habitude... Que s'est-il passé au juste ? J'ai entendu de l'agitation, mais Mère n'a rien voulu me dire.

– Les Bazori ont incendié la grande place.

– Y a-t-il des blessés ? s'horrifia-t-elle.

– Des blessés légers seulement. Tout a été maîtrisé à temps.

– Tant mieux. Les Bazori ont pu être arrêtés ?

– Malheureusement, non... Ils se sont enfuis.

– Un jour, tu les auras !

– J'espère... soupirai-je.

– Tu crois qu'ils vont retenter quelque chose ce soir ? m'interrogea-t-elle ensuite.

– Je ne sais pas, avouai-je. Je compte patrouiller la première partie de la nuit, par précaution. C'est Ehuel qui m'inquiète le plus, à vrai dire.

– Ah bon ?

– Il est inactif depuis un certain temps. Je crains que cela ne cache quelque chose...

– Moi, je suis bien contente de ne plus en entendre parler !

Je lui souris et continuai de discuter avec elle.

Le soir venu, je sortis patrouiller. Les Bazori avaient l'air de se tenir tranquilles. Par acquit de conscience, je restai près de la grande place mais, ne voyant rien, au bout de deux heures, je décidai de finir mon tour de garde et de rentrer.

En survolant la forêt, j'entendis un drôle de bruit… comme un murmure et m'approchai. Ne discernant rien, j'écartai quelques branches et retins une exclamation lorsque je vis Ehuel ! Il se tenait au beau milieu des arbres, à genoux, et entaillait ses bras avec son arme. Alors que le sang coulait, il récita une incantation. Je ne comprenais guère ce qu'il disait, mais sachant qu'il s'adonnait à la magie noire, je savais qu'il ne pouvait s'agir de rien de bon !

Une fois qu'il eut fini de parler, ses plaies se refermèrent d'elles-mêmes et le sang perdu prit vie pour devenir une hideuse créature. Je dus retenir un cri d'effroi ! Cela ne me disait vraiment rien qui vaille…

De là où j'étais dissimulé, je vis le déchu sourire avant de soumettre la chose à sa volonté, lui faisant répéter ce que je supposai être un sort d'allégeance. Je ne savais pas ce qu'il comptait faire, mais il fallait que je l'arrête !

Mais seul, je n'en avais pas le pouvoir… Il était bien trop puissant et rares étaient ceux pouvant se vanter de l'avoir affronté…

Je décidai de voler le plus rapidement possible

jusqu'au palais pour aller chercher du renfort, mais en me retirant de ma cachette, je fis un peu de bruit et le déchu l'entendit. Relevant la tête et m'apercevant, il me visa d'une dague, que j'évitai de justesse, avant de disparaître avec sa créature. Il n'avait même pas eu besoin de déployer ses ailes ! Il s'était juste évaporé dans la nuit…

Déçu de n'avoir rien pu faire, je rentrai chez moi, prévenant les gardes de ce que j'avais vu. Il m'apparaissait dorénavant clair que l'Okar allait tenter quelque chose !

Quelques jours plus tard, il n'y avait toujours aucune nouvelle concernant le déchu et cela m'inquiétait. Je ne cessais de m'interroger sur la créature qu'il avait invoquée. Qu'était-elle et qu'allait être son rôle ? Tout cela me travaillait bien trop !

Ne voulant plus y réfléchir, je descendis dans les sous-sols du château et me rendis dans les cachots. Une garde avait réussi à capturer un Bazori et, depuis deux jours, je tentais de le questionner sur les plans de son clan, sans grand succès, il fallait l'avouer. J'en profitai pour lui amener son repas.

– Vous revoilà déjà ! pesta-t-il en me voyant.

– Que voulez-vous, je n'ai pas pour habitude de laisser tomber rapidement. Comment allez-vous aujourd'hui ?

– Ah ! Comme si le prince des Okars s'en souciait !

– Je ne suis pas que le prince des Okars, protestai-je doucement, je suis aussi celui des Deskars. Khalitekla est le royaume des Ailés.

– Aucun plume-noire digne de ce nom n'accepterait de se faire gouverner par l'un de ces tyrans d'Okars !

– Au risque de me répéter, on ne fait que vous tenir dans le mensonge dans votre clan. Nous avons toujours vécu en harmonie avec votre peuple.

– C'est faux et vous le savez ! s'emporta-t-il. Vous nous menez en esclavage depuis que le Roi Stéphane est monté sur le trône !

– Je vous promets que ce n'est pas le cas, tentai-je d'expliquer en restant le plus calme possible. Avez-vous pris la peine de vous renseigner dans le royaume ?

– Il suffit de prendre Ehuel en exemple pour voir comment les plumes-blanches nous considèrent ! s'entêta-t-il de plus belle.

– Ehuel a mal tourné ! m'emportai-je à mon tour, las. Il s'est laissé séduire par la magie noire et s'est adonné aux crimes. Il a été déchu il y a fort longtemps et nous le traquons sans relâche !

– Tout le monde sait que vous êtes de son côté, mais ne pouvez l'avouer publiquement. Vous ne trompez personne !

Je soupirai. Cette discussion était un véritable dialogue de sourds.

– Je suppose qu'aujourd'hui non plus, vous ne me direz rien sur les plans de Vastoch, Kadaria ou Belogor ?

– Mais c'est qu'on ne maîtrise pas seulement des petites flammèches ! On est aussi devin à ce que j'entends ! rigola le captif.

Soupirant une fois de plus, je me relevai. Tendant son repas au plume-noire, je murmurai, avant de partir :

– Je vois… Bon appétit quand même.

J'étais plus ou moins resté calme tout le long de cet entretien, mais je sentais peu à peu la colère monter en moi. Nous ne pourrions rien tirer de lui ! Il était bien trop endoctriné par les Bazori ! Comment tout un clan pouvait-il à ce point être éloigné de la vérité ?

Remontant au rez-de-chaussée, je croisai Mère, qui vint à ma rencontre.

– Blake, tu as pu parler au captif ?

– Oui.

– Cela a-t-il apporté quelque chose aujourd'hui ?

– Hélas, non et je pense qu'il ne parlera pas.

La Reine soupira.

– Des fois, je me dis que mes conseillers ont raison… que nous sommes trop doux avec les prisonniers.

– Les conseillers sont des idiots inaptes à mettre un pied hors de l'enceinte du palais ! dis-je en laissant ma colère remonter. Ils sont incapables de comprendre ou de ressentir les émotions de qui que ce soit et ne pensent qu'à l'efficacité sans se soucier du ressentiment d'autrui ! Je préfère me montrer trop indulgent et respecter les idéaux de Père plutôt que de leur ressembler !

– Tu es bien le digne fils de Félix, me sourit-elle.

Je lui souris en retour et lui demandai si elle avait besoin de quoi que ce soit. Comme la réponse fut négative, je décidai de sortir prendre l'air. J'avais envie de m'accorder un peu de répit, sans devoir faire des rondes, écouter des requêtes ou autre. Ce fut pourquoi je me dirigeai vers le parc. Petit, mon père m'y emmenait souvent et je me rappelle que Mère refusait toujours de nous y accompagner. Encore maintenant, je pense qu'elle ne s'y rend jamais. Père m'avait un jour confié que l'endroit représentait quelque chose pour elle et qu'il lui était douloureux d'y revenir. Je n'ai jamais osé interroger Mère là-dessus. J'avais peur de la blesser et trouvais qu'elle avait déjà bien assez de poids sur ses épaules comme ça.

Le parc était désert et seul le vent semblait l'habiter. Personne n'avait le cœur à profiter du beau temps... Je m'étonnai de constater que, malgré tous les dégâts causés tant par Ehuel que par les Bazori, le parc, lui, était toujours aussi beau. C'était comme si ce lieu se trouvait dans une autre dimension où plus rien de ce que je connaissais n'existait. Cette impression était plutôt agréable et je la savourai pleinement en m'asseyant près du lac. Je m'imprégnai de cette quiétude m'envahissant, me relaxant enfin. Hélas, c'était trop beau pour durer...

– On se repose, Petit Prince ?

Reconnaissant cette voix, je me relevai immédiatement et invoquai mon épée. Kadaria se tenait non loin de moi !

– Tout doux, Petit Prince. Cela va sans doute t'étonner, mais je ne suis pas venue me battre, me dit-elle d'un ton où je ne percevais aucune émotion.

– Et que fait la Fleur du Chaos lorsqu'elle ne se bat pas ? l'interrogeai-je, désireux de savoir ses plans.

– Ne compte pas sur moi pour te dévoiler quoi que ce soit... sembla-t-elle me narguer.

– Plus sérieusement, Kadaria. Pourquoi es-tu là !?

Elle ne me répondit pas, se contentant de me sourire sournoisement, ce qui ne me laissait rien présager de bon. Je ne savais comment réagir. Tant qu'elle ne m'attaquait pas, je ne jugeai pas utile de m'en prendre à elle. De plus, au sol, elle pouvait combattre avec ses ailes, je n'aurais donc pas l'avantage. Il me semblait plus prudent d'attendre en essayant de deviner ses intentions. Elle n'était pas du genre à faire quoi que ce soit sans qu'il n'y ait une bonne raison derrière.

Tout le temps de ma réflexion, elle resta là, à me dévisager. Je la regardais également. Il était inutile de parler, je savais qu'elle ne ferait que m'embrouiller. Enfin, au bout de longues minutes, elle dit :

– Il est l'heure…

L'heure ? Mais de quoi parlait-elle !?

– L'heure ? demandai-je sans espérer de réponse.

À ma grande surprise, elle me répondit, non sans l'un de ses fameux sourires narquois.

– À l'heure qu'il est, mon clan doit avoir envahi le château. Au revoir, Petit Prince !

Sur ces quelques mots, elle s'envola en direction du cœur de la cité : le palais !

Alors, son rôle avait été de me tenir éloigné de chez moi pendant l'assaut et elle allait maintenant se joindre aux autres Bazori ! Le château était assiégé !

Paniqué pour Mère et Arsinoé, je décollai à mon tour. Peut-être pourrais-je arriver à temps pour éviter le pire ? Étant donné que les Bazori étaient déjà sur place, j'en doutais fort… Quoi qu'il en soit, il était hors de question que je laisse la Fleur du Chaos aller aggraver la situation !

La suivant de près, je créai une boule de feu et l'envoyai sur l'une de ses ailes. Évidemment, cela ne lui fit rien, mais au moins, elle se stoppa et se retourna.

– Oh ? On veut jouer, Petit Prince ? Eh bien, soit. Jouons !

Presque immédiatement, elle invoqua sa lance double et fonça droit vers moi. N'ayant pas le temps de faire apparaître ma propre arme – que j'avais « rangée » en voyant qu'elle ne m'attaquait pas –, je parai son assaut en me protégeant d'un bouclier fait de flammes. Bien que sa lance puisse sans souci passer au travers, cela l'aveugla juste assez de temps pour pouvoir invoquer mon épée. Je l'enflammai directement, sachant que malgré ses paroles, la fille de Vastoch n'était pas d'humeur à jouer !

Une fois n'est pas coutume, je me laissai aller à ma colère et luttai en suivant mon instinct plutôt qu'en calculant chaque coup. Cela eut le mérite de la déstabiliser. Elle ne s'attendait pas le moins du monde à ce genre d'offensive. Je ne lui offris aucun répit, l'attaquant sans relâche à coups d'épée de la main droite et créant sans cesse de nouvelles boules enflammées de la gauche. Elle avait beau parer un impressionnant nombre de mes assauts, elle ne pouvait éviter et l'épée et le feu à la fois !

Pour la première fois de ma vie, j'arrivai à la blesser sérieusement. La pensée qu'il était peut-être arrivé quelque chose de grave à ma famille m'y aidait fortement. Elle faiblissait et je voyais bien qu'elle était tentée de replier ses ailes sur elle-même pour se protéger. Toutefois, si elle faisait ça, elle tomberait de très haut et elle en était consciente. Elle continua donc – bravement, il me fallait l'admettre – à me combattre avec la hargne du dernier espoir.

Parant une de mes boules de feu, elle m'offrit une belle ouverture et je pus la blesser au bras de mon épée. Grimaçant de douleur et n'en pouvant plus, elle s'enferma finalement dans ses ailes et chuta ! Je me précipitai après elle, ne voulant pas la perdre de vue une seconde. Je la trouvai au sol, encore enroulée dans ses ailes et ne bougeant plus… Se pouvait-il que… ?

Tout de même méfiant, craignant une ruse, je m'approchai et m'accroupis. Je déroulai ensuite ses ailes en prenant bien garde à ne pas me couper sur leurs bords tranchants. Elle ne remua toujours pas. Me penchant au-dessus de sa poitrine, je vérifiai que son cœur battait encore. C'était le cas, elle n'était qu'inconsciente. Une chance si elle n'avait rien de cassé après cette chute !

J'avais vaincu la Fleur du Chaos… Je l'avais vaincue. Je n'en revenais pas !

La réenroulant dans ses ailes en ne laissant que la tête dépasser, je la pris dans mes bras et m'envolai pour le palais. Kadaria ferait un otage de poids si jamais il était arrivé quelque chose à Mère ou à Arsinoé.

Sur le chemin jusqu'au château, je regardai de temps en temps son visage pour voir si elle ne revenait pas à elle. Je ne voulais pas prendre le risque de me faire déchiqueter par surprise !

Arrivé devant chez moi, ma première réaction fut de m'étonner. Tout avait l'air intact ! Comme si aucune attaque n'avait jamais eu lieu. Pour m'en assurer, j'entrai par la petite entrée, celle des domestiques. À l'intérieur, tout était normal, j'entendais même Mère parler aux habitants du royaume, sûrement en train d'écouter les requêtes.

Je ne comprenais plus rien ! Kadaria ne se serait pas battue ainsi si elle n'était pas certaine que son clan assaillait le palais ! Que signifiait donc tout ceci ?

Ne voulant pas prendre le risque de voir la Fleur du Chaos reprendre connaissance au beau milieu du château, je la conduisis bien vite aux cachots où elle produisit un grand émoi. Jugeant plus prudent de l'entraver dans sa cellule, un garde fit venir l'une des magiciennes de Raekir et celle-ci enchanta une chaîne pour que la Deskare ne puisse la briser, même de ses ailes. Nous lui attachâmes ensuite les poignets avec et accrochâmes l'autre extrémité de la chaîne au mur. Ainsi, elle ne pourrait s'enfuir. Nous déposâmes un plateau de nourriture dans sa geôle et en ressortîmes, refermant la grille derrière nous. Plus personne ne craignait rien. Il ne restait plus qu'à attendre qu'elle revienne à elle.

Comme il me fallait encore prévenir Mère de ma capture et comme un garde promit de me faire quérir au réveil de la Deskare, je me rendis dans la salle du trône sans plus tarder. Je savais que la Reine n'aimait pas être dérangée pendant qu'elle écoutait les requêtes. Toutefois, je pensais pouvoir affirmer que c'était là un cas exceptionnel. J'allai donc la trouver et lui demandai de bien vouloir venir avec moi. Elle comprit que c'était important, car elle s'excusa auprès de son peuple et me suivit à l'écart. Je lui expliquai de quoi il retournait.

– La Fleur du Chaos est là !?

– C'est exact.

– Elle est dangereuse, Blake ! Je n'ose imaginer ce qu'il se passera lorsqu'elle reviendra à elle…

– Elle est solidement enchaînée dans sa cellule, nous avons pris toutes les précautions nécessaires.

– Bien. Cependant, si les Bazori, en particulier Vastoch, apprennent qu'elle est retenue ici, il y a de très fortes chances qu'ils lancent un assaut ! Ce serait plus qu'imprudent de la garder dans nos murs.

– Peut-être…

– Oui ?

– Je ne suis pas sûr que ce soit une bonne idée.

– Dis-la toujours, me pria-t-elle nerveusement.

– Peut-être pourrait-on en faire un otage en vue d'un échange ? Peut-être pourrait-on faire un compromis ? Nous leur rendons leur « Princesse » contre leur reddition.

– Cela me paraît presque être une utopie… Quoi qu'il en soit, ce n'est pas une mauvaise idée et cela sortira Kadaria d'ici. As-tu une idée de qui envoyer faire l'échange ? me demanda-t-elle.

– Oui.

– Qui ?

– Moi-même.

– Les Bazori sont des monstres, Blake ! Tu n'y penses pas ! s'affola-t-elle comme toute mère l'aurait fait.

– J'ai combattu assez de fois la fille de Vastoch pour savoir de quoi elle est capable. Je crois sans prétention être le seul à pouvoir la mener jusque-là sans embûches, lui expliquai-je calmement.

Bien qu'inquiète pour moi, Mère approuva et me

confia cette mission. Je redescendis une fois de plus aux cachots. La Deskare avait repris conscience ! Elle tentait, tout en criant de rage, de défaire ses liens.

– Ça ne sert à rien, cette chaîne est enchantée, dis-je en arrivant devant sa cellule.

– Toi ! me hurla-t-elle. Comment ai-je pu me laisser battre par un Okar !?

Tout en disant ces mots, elle réessaya derechef de défaire ses liens, la haine se lisant aisément sur son visage. Elle ne devait pas avoir l'habitude de se retrouver en position de faiblesse et, repensant à ce que les Bazori faisaient endurer au peuple, je ne pus m'empêcher de sourire de la voir ainsi.

– Ça s'appelle une défaite, la narguai-je.

– Ferme-la ! Je te jure que je sortirai d'ici !

– Quelle chance, je viens justement exaucer ton souhait, rétorquai-je, ironique.

– Que… Comment !?

Blake Dasaraël

Kira

Je m'appelle Kira et je suis la fille de Belogor, le chef du clan des Bazori. J'écris ce journal car je sais qu'il ne me reste plus beaucoup de temps à vivre…

J'espère sincèrement qu'un jour, ma fille le lira. Elle pourra ainsi savoir qui j'étais. Sans cela, je doute qu'elle l'apprenne un jour.

J'aimerais que, tout comme moi, elle puisse découvrir la vérité sur notre clan.

Voici mon histoire…

Lorsque j'étais petite, mon père m'enseigna que, sous leurs sourires et leurs doux regards, les Okars étaient d'effroyables créatures. D'après lui, ces individus étaient machiavéliques et n'éprouvaient aucun sentiment. Il me raconta aussi comment ces êtres sans cœur traitaient les gens comme lui et moi, autrement dit : les Deskars. J'appris que les plumes-noires vivant au pays, et en particulier dans la cité, étaient des prisonniers, menés en esclavage par les plumes-blanches car ils n'avaient pas osé, comme nos ancêtres, se rebeller et fuir le cœur du royaume.

J'étais bien sûr terrifiée par ce que j'entendais. Dans mon imagination, les Okars étaient vite devenus d'horribles monstres, bien que je n'en avais jamais vu un seul de ma vie…

Malgré ma peur, j'étais une petite fille très curieuse et je rêvais d'aventures. Je voulais explorer Khalitekla et en découvrir chaque recoin.

Toutefois, lorsque je fis part de mes ambitions à mon père et chef, il me rit au nez. Pour lui, une Bazori n'était pas une aventurière, mais bien une guerrière ! Je me devais donc de respecter ses volontés, bien que je n'en éprouvais pas l'envie…

Belogor ne pouvait cependant pas m'empêcher de rêver !

Un matin, il vint m'annoncer que lui et ses guerriers avaient détruit le parc de la cité, celui auquel les Okars tenaient tant. Ce fut une grande joie pour notre clan et des festivités furent organisées. Comme j'étais petite, je partageai leur ivresse bien que je ne pouvais la comprendre entièrement. Je demandai même à aller dans ce parc, je voulais le voir de mes propres yeux. Évidemment, mon père refusa.

Alors, pour la première fois de ma vie mais non pas la dernière, je lui désobéis et sortis en douce.

Je dus voler assez longtemps car notre manoir n'était pas près de la capitale, bien au contraire. Je finis toutefois par y arriver. Le parc – si l'on pouvait encore l'appeler ainsi – était mort… On aurait pu croire à un lieu hanté et je m'y suis de suite sentie bien. J'étais Kira l'aventurière !

Je me mis à courir et à gambader, mais fus stoppée dans mon élan par le spectacle d'une petite fille qui boudait – du moins, me sembla-t-il. Cependant, ce ne fut pas ça qui me fit m'arrêter, mais bien ses plumes.

Elles étaient blanches ! C'était donc une Okare ! Pourtant, elle n'avait l'air ni cruelle ni horrible…

Curieuse et, il faut l'avouer, légèrement apeurée, je m'approchai et lui dis :

– Tu fais du boudin ?

C'était toujours ce que les Deskares qui s'occupaient de moi me disaient lorsque je râlais.

Elle releva la tête et me dévisagea, sans toutefois réagir à mes propos. Moqueuse et espérant la faire parler, je lui demandai si elle avait perdu sa langue, mais heureusement, elle me répondit par la négative.

Si mes souvenirs ne me font pas défaut, elle m'avoua qu'elle s'était enfuie du palais royal. La seule chose que j'aie pu faire, c'est la mettre en garde contre mon clan, sans lui préciser que j'en faisais partie.

Elle semblait intriguée par moi, mais je ne voyais aucun dégoût dans son regard. Se pouvait-il que mon père ait tort sur les Okars ? Qu'ils ne soient pas des anti-plumes-noires ?

Je me souviens que nous avons ensuite discuté de nos vies respectives. Elle, de sa vie de future souveraine et moi, je tentais de rester vague, ne voulant pas qu'elle sache à quel clan j'appartenais… Je ne sais pas vraiment l'expliquer mais, j'avais honte, je pense. J'appris aussi qu'elle s'appelait presque comme moi : Kida.

Tout se passait bien, je peux même dire que je l'appréciais réellement, alors que j'avais beaucoup de difficulté à me lier d'amitié avec les autres petites filles du manoir.

Puis, mon père arriva…

– Kira, que fais-tu ?

– Papa, je…

Je savais que je n'aurais jamais dû parler à une plume-blanche, j'allais probablement le payer cher. De plus, Kida étant la princesse de Khalitekla, je craignais que mon géniteur ne lui fasse du mal. Il la menaçait clairement et je voyais bien qu'elle était terrorisée ! Encore aujourd'hui, je me maudis de ne pas être intervenue à ce moment-là. Je suis convaincue que ça ne lui aurait fait ni chaud ni froid de la tuer devant mes yeux. Fort heureusement, le Roi est arrivé pour sauver sa fille des griffes de mon père !

Belogor me l'ayant toujours décrit comme une personne d'une extrême cruauté, je m'attendais sincèrement à ce qu'il nous élimine, mon père et moi. Après tout, nous étions une menace pour sa progéniture. Pourtant, après un échange acerbe avec mon géniteur, il nous laissa repartir, emmenant Kida avec lui, visiblement furieux de sa fugue.

Une fois seul avec moi, mon père me mit une gifle dont je me souviens encore. J'eus l'impression que ma tête avait fait un tour complet tant il mit de l'élan dans son geste ! Ma joue me brûla et je sanglotai, ce qui me valut une autre gifle, tout aussi violente.

– Une Bazori ne pleure pas, Kira !

– Tu m'as fait mal ! protestai-je.

– Tu as adressé la parole à une Okare et tu t'es enfuie du manoir. Tu savais que cela t'était interdit. Pire encore, tu savais ce qu'elle était et tu ne lui as rien fait ! Ne t'ai-je pas assez parlé des horreurs qu'ils font aux gens comme nous !?

– Mais elle était gentille…

– Tais-toi ! gronda-t-il.

– Papa, je…

– Je t'ai dit de te taire !

J'eus envie de sangloter de plus belle, mais je me retins. Je ne voulais pas me faire frapper à nouveau par cet homme si dur…

Il me fallut attendre plusieurs années avant de pouvoir revoir Kida. Encore que notre seconde rencontre fut une coïncidence…

Durant cette longue période, mon père m'entraîna à être une combattante, bien que je n'en avais guère l'âme. Je ne rêvais que de quitter le manoir et d'explorer Khalitekla, ainsi que les royaumes Humains. Aujourd'hui, alors que ma fin est proche, j'espère que ma fille tiendra cela de moi. Je n'aimerais pas la savoir guerrière comme la plupart des autres Deskars du clan des Bazori.

Je m'étais endurcie durant ces années. Je ne craignais plus mon géniteur ni ses coups répétés à chaque fois que je faisais quelque chose qui ne lui plaisait pas. Ce n'était plus que des marques sur mon corps. Rien de plus, rien de moins.

Dès que je le pouvais, je fuguais et ne participais pas à mes entraînements, rendant mon père furieux. Les autres Deskars du clan n'approuvaient pas ma conduite, mais je n'en avais que faire. Tout ce qui m'importait était de pouvoir m'échapper quelques heures de ce repère de fous et de sauvages.

Même si je ne pouvais pas aller bien loin, je revenais souvent, sans que Belogor le sache, dans le parc où j'avais rencontré la Princesse Okare. Depuis le temps, le lieu était à nouveau en fleurs, mais je m'y plaisais bien. Je m'y sentais plus légère, comme libre.

Ce fut là-bas que je revis Kida.

Je ne la reconnus pas immédiatement, elle avait beaucoup changé depuis la dernière fois. De plus, elle ne semblait pas dans son assiette. Elle déambulait comme si elle ne savait que faire ni où aller. Je la vis ensuite se tenir la tête. Quelque chose clochait ! Le temps de déployer mes ailes et de la rejoindre, elle s'était écroulée, inconsciente…

Ne voulant pas attirer l'attention sur moi, je la ramenai dans la cabane perchée où j'aimais flâner et allai chercher de l'eau pour l'aider à revenir à elle. Elle se réveilla rapidement et mit quelques instants avant de me reconnaître. Une fois que cela fut fait, elle ne pensa qu'à me demander une chose : si j'étais bien une Bazori. Ce fut comme si je me prenais un coup de poing dans l'estomac. Encore une fois, ça allait être mon origine qui allait compter et non celle que j'étais vraiment. J'aurais pu lui mentir mais, à quoi cela aurait-il servi ? Elle aurait bien fini par le découvrir tôt ou tard. Aussi, je répondis par l'affirmative à sa question. Si j'avais prévu qu'elle me rejette ou ne prenne peur, elle n'en fit rien. Elle parut presque indifférente. Soulagée, oserais-je dire. J'aurais même pu penser qu'elle s'y attendait.

Je ne me souviens pas de quoi nous avons exactement discuté ensuite, juste que nous avons beaucoup parlé. Comme aucune de nous deux ne voulait laisser couler encore plusieurs années avant de se revoir, nous avons convenu de nous retrouver chaque semaine dans cette cabane.

Je crois pouvoir affirmer que ce fut les plus belles années de ma vie. Jusqu'à mes dix-neuf ans, tous les vendredis, je rejoignais Kida et nous passions d'agréables moments ensemble.

Bien que je n'osais pas lui parler de ce qui se produisait chez moi, j'aimais l'écouter et tenter de l'aider dans ses problèmes personnels. Quelques fois, après avoir été forcée de participer aux entraînements de mon père, j'arrivais exténuée et mal en point à notre lieu de rendez-vous. Elle ne manquait pas de s'en apercevoir et me posait beaucoup de questions, mais je réussissais toujours à répondre vaguement ou à les éviter. Avec le temps, je me demande souvent si elle croyait à mes excuses ou si elle comprenait que je n'avais pas le courage de lui en parler.

Pourtant, aujourd'hui, je pense que j'aurais dû. Malgré son masque d'immaturité, elle avait un cœur en or et je suis certaine qu'elle aurait tout fait pour me tirer de l'enfer dans lequel je vivais… Mais, il est trop tard pour songer à cela. Je ne dois pas y penser, plus maintenant…

J'aurais aimé que ce petit bonheur quotidien continue

toujours, mais un soir, en rentrant au manoir, mon père me tordit les ailes dans le dos, me faisant hurler de douleur. Il avait découvert où j'allais quand je sortais ! Jamais auparavant, il ne m'avait battue comme il le fit ce soir-là. Il me cria également dessus et, cette fois, j'eus réellement peur de lui. Il me défendit de la revoir, sous peine de se servir de moi pour la tuer… et ce sous mes yeux. Je tenais bien trop à Kida pour prendre le moindre risque ! Je me souviens m'être enfuie dans ma chambre et avoir beaucoup pleuré. Il venait de m'interdire la seule chose qui comptait pour moi et me rendait heureuse. Je l'ai profondément détesté, plus que jamais !

Je me maudissais d'être une Deskare… en particulier une Bazori.

Me calmant enfin, je réfléchis. Je ne pouvais pas ne plus aller voir Kida sans lui donner la moindre explication, elle chercherait sans doute à me retrouver et se mettrait en danger. Je l'aimais trop pour que ça arrive.

Aussi, pris-je une résolution : il fallait que je la revoie une dernière fois pour l'éloigner de moi et ainsi, la mettre en sécurité… loin de mon père si cruel !

Je pris alors la direction de la partie la plus luxueuse du manoir : les appartements privés de Belogor. J'interpellai le garde à sa porte et le priai de le prévenir que je voulais lui parler immédiatement. Le soldat entra dans la pièce pour en ressortir quelques minutes plus tard, me laissant passer. Je ne pris même pas la peine de chercher mon père, je savais qu'il était dans sa chambre, en compagnie d'une quelconque plume-noire.

Je ne me trompais pas. Il fut étonné de ma visite et me questionna sur la raison de celle-ci. Sans faire de chichi, je lui demandai le droit de revoir mon amie une dernière fois. Il ne le voulut évidemment pas.

Étonnamment, ce fut sa compagne d'un soir qui le convainquit. Elle plaida en ma faveur, lui expliquant que je n'étais qu'une adolescente et qu'il était normal que je fasse des erreurs. Elle espérait sans doute s'attirer mes bonnes grâces pour pouvoir devenir l'une des favorites de mon géniteur. Elle se mettait le doigt dans l'œil ! C'était mal me connaître : mon père et ses concubines me répugnaient ! J'ignorais encore qu'elle faisait déjà partie des favorites de Belogor...

Ayant obtenu ce que je désirais, je sortis de là sans demander mon reste.

Ce jour-là fut l'un des plus horribles de toute ma vie...

C'était un vendredi et, pour la toute dernière fois, j'allai retrouver Kida dans ce qui était devenu « notre parc ». Mon amie s'y trouvait déjà et j'essayai tant bien que mal de ne pas afficher une mine trop triste. C'était très dur et j'espérai sincèrement y parvenir. Malheureusement pour moi, je me sentis sur le point de pleurer et je décidai de lui balancer d'une traite tout le petit discours que j'avais soigneusement préparé la veille. Je lui dis qu'une tueuse d'Okars telle que moi ne pouvait en aucun cas être amie avec une plume-blanche et que je ne voulais plus la voir.

Évidemment, elle protesta. Mes paroles étaient bien

trop soudaines pour qu'elle y croie, elle ne semblait même pas comprendre. Je pris alors mon courage à deux mains pour lui dire des mots bien plus durs, bien que chacun d'entre eux soit comme un poignard planté dans mon cœur. Je désirais qu'elle me déteste afin qu'elle ne veuille plus me revoir et soit en sécurité. Il le fallait !

Une larme perla ensuite du coin de mon œil et je partis, espérant que Kida n'ait rien vu. Je m'en voulais horriblement pour ce que je lui avais dit et je haïssais encore plus mon père – si c'était possible – pour cela !

Je ne rentrai pas directement chez moi, je n'en avais vraiment pas envie. Je m'éloignai aussi loin que je pus du parc et laissai enfin mes larmes couler abondamment. J'avais la vive impression que mon cœur venait de se déchirer dans ma poitrine.

Je ne sais pas exactement combien de temps je suis restée là, à pleurer. Je me souviens seulement que mon père m'a retrouvée et ramenée au manoir, très en colère de me voir en larmes pour une plume-blanche. Une Bazori ne devait pas pleurer… encore moins en public.

Il m'obligea alors à aller dans la salle d'entraînement. Salle que je détestais tant ! Je ne rétorquai pas aux coups de mes adversaires, trop abattue pour cela. Je n'avais plus envie de rien.

Une Deskare remarqua que je n'étais pas dans mon état normal. Celle-là même que j'avais vue avec mon géniteur l'autre soir. Elle m'emmena à l'écart et me demanda ce que j'avais. Je gardai le silence, me refusant à lui répondre. Qui était-elle pour oser vouloir me comprendre ?

Elle ne sut d'abord comment réagir face à mon

mutisme. Elle finit pourtant par me prier de la suivre. Comme c'était toujours mieux que de rester dans la salle d'entraînement, je lui emboîtai le pas sans rechigner. Il me sembla qu'elle se dirigeait vers la chambre qu'elle occupait. C'était bien le cas.

Elle me fit entrer sans mot dire et me pria de m'asseoir. Elle avait apparemment quelque chose à me confier ou à me demander…

Sans prévenir, elle me posa des questions sur Kida, ce qui me fit monter les larmes aux yeux. Elle s'en excusa et voulut ensuite savoir ce que je pensais réellement de notre clan. J'aurais aimé lui hurler le fond de mes pensées au visage, mais je me retins. Je craignais qu'elle s'empresse d'aller tout raconter à mon père pour s'attirer ses faveurs.

Elle réussit pourtant à me rassurer, me promettant que tout ce que je dirais resterait entre nous. Je ne sais plus ce qui m'a poussée à lui faire confiance, toujours est-il que je laissai ma rage exploser, lui racontant tout.

Contre toutes attentes, elle me consola, me maternant presque et je me sentis mieux. Elle me dit ensuite qu'elle allait me faire une grande révélation et qu'elle espérait que je saurais me montrer digne de sa loyauté. Je le lui promis.

C'est ainsi que j'appris la vérité sur mon clan, les Bazori…

Lorsqu'aux premières ères du royaume, Stéphane, premier roi des Ailés, combattit le Deskar menaçant la paix de Khalitekla et lui laissa la vie sauve, celui-ci fit tout pour se faire oublier. Banni, il se retira du pays, observant son ennemi glorifié monter sur le trône par le biais de ses espions.

Mais bien des années plus tard, il revint au royaume, sous un autre nom, et tenta sa chance. Le temps étant passé, tous l'avaient oublié. Et progressivement, il prépara sa vengeance.

Rumeur par rumeur et année après année, il installa la haine des Okars chez les plumes-noires, ses descendants reprenant le flambeau après lui. Indirectement, il fut le fondateur des Bazori !

L'aversion pour les plumes-blanches grandit tellement dans ce clan que ses membres en arrivèrent à commettre des crimes pour ce qu'ils croyaient être une juste cause. Ils créèrent ainsi le mouvement opposé : la haine et la crainte des plumes-noires.

La paix du pays fut ainsi brisée…

Je fus choquée par son récit. On ne m'avait jamais raconté les choses de cette manière !

Enfant, je me souviens qu'on m'avait relaté que jadis, le royaume appartenait aux Deskars mais qu'un jour, un Okar nommé Stéphane grimpa sur le trône, on ne sait trop comment. Pour ce roi, les plumes-noires représentaient une réelle menace. Il voulait monter son propre peuple au pouvoir et commença ainsi à éliminer – d'abord en douceur – les Deskars. Ce n'était que des criminels, d'après lui…

Ce fut une période des plus obscures pour le peuple des plumes-noires…

Sur le trône ne se succédèrent que des Okars, qui continuèrent à décimer les nôtres jusqu'à ce que ceux-ci se soumettent ! Seul le clan des Bazori résista, s'exilant loin dans la cité, espérant un jour pouvoir supprimer la menace que représentaient les plumes-blanches…

Voilà ce en quoi j'avais toujours cru.

Bien qu'elle m'étonna, la révélation de la Deskare me confirma une chose que j'avais déjà constatée : les Okars n'étaient pas cruels et ne maltraitaient pas les plumes-noires vivants à Khalitekla. Je le savais depuis que je fréquentais Kida. Cette simple pensée me fit à nouveau monter les larmes aux yeux et je me forçai à ravaler mes sanglots.

Une fois qu'elle m'eut raconté cela, la plume-noire m'expliqua qu'elle avait rejoint le clan des Bazori en tant qu'espionne afin de pouvoir prévenir la cité en cas d'attaque éventuelle. Elle avait l'espoir d'un jour pouvoir démanteler ce clan infernal. Elle obtenait pratiquement toutes ses informations de mon père, étant devenue l'une de ses favorites au fil du temps.

Je lui jurai de garder le silence sur tout ce que je venais d'apprendre. Après tout, n'étais-je pas moi aussi contre les agissements des Bazori ? Je la remerciai également de sa confiance et m'excusai de l'avoir tout d'abord si mal jugée. Elle acquiesça silencieusement et, au bout de quelques secondes, me demanda si je voulais l'aider dans sa tâche.

Il ne me fallut pas plus de deux secondes pour faire mon choix, j'acceptai sans hésitation. Elle en eut l'air heureuse et s'informa pour savoir si j'étais prête à combattre contre mon propre clan. J'hésitai en premier lieu. Depuis ma plus tendre enfance, prendre les armes et me battre me répugnait, je ne désirais pas lutter contre qui que ce soit. Même invoquer mon poignard me révulsait, par moment.

Pour me rassurer, elle me promit que je ne serais jamais forcée d'attaquer quelqu'un, que les entraînements ne me serviraient qu'à savoir me défendre ou à protéger ceux que j'aimais. Je repensai immédiatement à mon père menaçant de tuer Kida et n'hésitai plus. Je donnai mon accord.

C'est ainsi que, pour la première fois de ma vie, devoir participer aux séances d'entraînement ne me répugna plus.

Depuis que je ne loupais plus les exercices de combat, mon père ne me battait plus autant, comme convaincu que je revenais sur le « droit chemin ». Il ignorait bien sûr que je me servais de ma position de fille de chef pour transmettre tout ce que je savais ou apprenais à Azilis – ainsi se nommait la Deskare.

J'allais déjà mieux, je me sentais utile et savais Kida en sécurité.

Mais un jour, Belogor vint me trouver pendant que je m'entraînais.

– Kida, me dit-il de son ton bourru, viens avec moi. Je pense que je peux dorénavant te confier mon projet.

Je le suivis sans rechigner jusqu'à la salle du conseil. J'y entrai, me demandant de quel projet il pouvait bien parler. Une fois que je fus mise au courant, je fus épouvantée. Les Bazori comptaient attaquer le palais royal dans deux heures à peine ! Il n'y avait aucun moyen de prévenir la cité !

Tout le temps que mon père m'exposait son plan, je dus rester impassible, ce qui fut très difficile. Kida courait un grave danger et je n'avais aucun moyen de la sauver !

Une fois qu'il eut fini de parler, je fis comme si j'approuvais son plan, sortis de la salle et me dépêchai de rejoindre Azilis. Je me rappelle être arrivée en larmes dans sa chambre, la faisant paniquer. Quand mes sanglots se furent amenuisés, je pus enfin lui expliquer la raison de mes pleurs. Elle s'affola également et prit peur que Belogor ne soupçonne un espion dans ses rangs.

En effet, pourquoi aurait-il exposé son plan aussi tardivement sinon ?

Reprenant son calme, Azilis me déclara :

– La seule chose à faire est de prendre part au combat.

Je la traitai d'abord de folle mais, une fois qu'elle m'eut expliqué que c'était la meilleure façon de protéger le plus de monde possible, j'agréai. Elle n'avait que six ans de plus que moi, mais elle était très sage. Je me demandais souvent combien de choses elle avait vécues durant sa vie pour avoir autant de sang-froid. Rapidement, elle était devenue un modèle pour moi et je ne sais pas ce que j'aurais fait sans elle.

La remerciant, je me relevai et, ensemble, nous nous rendîmes dans le hall, où mon père préparait les meilleurs guerriers du clan. Brièvement, il réexpliqua son plan et nous pûmes nous mettre en route, volant jusqu'au château.

J'avais la mort dans l'âme, inquiète quant à ce qui allait se produire. Je ne me souviens pas exactement de ce qu'il s'est passé… juste que nous avons fini par atteindre le palais et que je me trouvais au beau milieu d'un bain de sang.

Levant la tête, j'aperçus Kida qui observait, horrifiée, la scène de combat. Il ne fallait pas qu'elle reste là ! Elle allait se faire tuer ! Je volai dans sa direction, mais elle s'enfuit. Rien d'étonnant étant donné ce que je lui avais dit la dernière fois que l'on s'était vues… Comme j'avais été idiote !

Je la poursuivis et finis par arriver dans une chambre. Alors que je m'apprêtais à lui parler, la porte claqua violemment et le Roi entra précipitamment, l'inquiétude et la fureur se lisant aisément sur son visage. Encore aujourd'hui, je ne doute pas un seul instant qu'il m'aurait tuée au moindre geste tenté vers sa fille.

Subitement, il tomba en avant, le regard vide. Mon père, cet être abominable, venait de lui planter une épée dans le dos ! Je criai tandis que Belogor souriait. Je le vis alors dévisager Kida et je sus qu'il comptait l'éliminer également.

Je ne réfléchis pas, je me précipitai et la poussai au travers de la fenêtre, espérant qu'elle déploierait ses ailes à temps. Je fonçai ensuite sur mon géniteur et l'attaquai à mains nues, furieuse ! Il m'attrapa par le bras, me hurla une chose que je ne compris pas et me projeta violemment sur le mur, me faisant perdre connaissance…

Je me réveillai bien des heures plus tard, ligotée, dans

les cachots du manoir.

Je paniquai, cherchant par tous les moyens à m'enfuir. J'avais attaqué le chef du clan et – j'en avais toujours l'espoir – sauvé la Princesse. J'étais devenue une traîtresse et risquais la mort !

Je dus encore patienter plusieurs heures avant d'entendre quelqu'un descendre l'escalier menant au sous-sol. Pas de chance pour moi, ce fut mon père que je vis arriver…

Comme je m'y attendais, je fus accusée de haute trahison. Toutefois, je pense que j'aurais préféré mourir plutôt que de subir la sanction qu'il m'avait choisie…

Je n'eus même pas le temps d'invoquer mon poignard que sa force m'interdit de me débattre. Sans pitié, mon propre père me sectionna mes deux ailes !

Je ne pus m'empêcher de hurler et crus que j'allais mourir. On m'arrachait une partie de mon être, une partie de mon âme ! Je ne sus retenir mes larmes, la douleur était bien trop violente pour cela. Je n'avais jamais ressenti une aussi vive souffrance ! Mais ma plus grande douleur était celle que je ressentais à l'intérieur. On venait de m'ôter ce qui faisait de moi une Ailée. Je n'étais plus rien…

Une fois de plus, je me suis évanouie. Encore à présent, il me semble parfois que j'en ressens le supplice…

Je ne repris connaissance que deux jours plus tard, cette fois-ci dans ma chambre. Je remarquai immédiatement Azilis à mes côtés et me mis à pleurer. Elle tenta de me consoler comme elle le put, mais aucun de ses mots ne réussit à me faire oublier mon mal.

J'essayai de me relever, mais éprouvai une douleur si violente que je ne sus empêcher un cri de sortir de ma bouche. Je grimaçai et elle m'aida à me recoucher dans une position moins douloureuse, me recommandant de ne pas trop bouger. Elle me dit ensuite ce que je voulais savoir : Kida avait survécu à sa chute. Elle était en vie ! Je versai derechef quelques larmes, de joie, pour une fois.

Lorsque j'eus bien pris conscience de la récente perte de mes ailes, Azilis me relata ce qu'il s'était passé après que je me fus évanouie au palais…

Ehuel était de retour !

Il avait envahi le château, nous obligeant à fuir. Beaucoup d'entre nous étaient morts ce jour-là, ce qui avait rendu mon père encore plus fou de rage.

La situation semblait désespérée pour mon clan, Ehuel ayant juré d'éliminer tous les Deskars. Même si je ne souhaitais pas voir les plumes-noires se faire tuer, au fond de moi, je me réjouissais de savoir que ma « famille » courrait peut-être un danger mortel…

Quelques semaines plus tard, mes blessures au dos ayant cicatrisé, je pus enfin sortir de ma chambre, bien que je manquais encore d'équilibre. Je voulais rejoindre Azilis, la seule personne en qui j'avais confiance. Je savais qu'elle ne se sentait pas des mieux. Elle n'avait pu retourner à la cité, y étant désormais considérée comme une traîtresse. Je pense qu'au vu des événements, il fallait laisser passer un peu de temps avant que la Reine ne consente à l'écouter et ainsi, à apprendre qu'elle n'avait eu aucun moyen de les prévenir à temps.

Sur le chemin jusqu'à sa chambre, je ne me pris que des regards noirs. Après tout, je n'étais plus qu'une vulgaire félonne pour eux, une impure. Seul le fait que je sois la fille du chef les empêchait de me tuer.

Toutefois, la honte d'avoir perdu mes ailes devait bien satisfaire leurs pulsions vengeresses...

J'atteignis finalement la chambre de mon amie. Elle eut l'air heureuse de me voir et ça me toucha.

Parce qu'elle passait du temps avec moi et m'avait soignée, elle ne faisait plus partie des favorites de Belogor, mais puisqu'elle ne pouvait plus joindre la cité, cela lui était égal. J'étais toujours ravie de pouvoir discuter avec elle, elle me faisait un peu oublier ma peine et ma douleur.

Ce jour-là, ma visite fut malheureusement écourtée, je fus appelée à rejoindre mon père dans la salle du Conseil... J'en tremblai, morte de peur. Je ne savais à quoi m'attendre. Azilis dut le remarquer, car elle me prit dans ses bras en me rappelant que j'étais courageuse, même si de nous deux, elle était bien la seule à le penser.

La peur au ventre, je rejoignis mon géniteur. Comme je n'étais plus « digne », deux gardes me forcèrent à m'agenouiller devant cet être abject, en signe de soumission. Belogor avait une importante nouvelle à m'annoncer et j'étais loin d'imaginer ce qui m'attendait...

Vastoch, l'un des plus puissants guerriers de notre clan – et l'un des plus barbares également – était prêt à « laver mes fautes » en me prenant pour femme. D'après mon géniteur, c'était un grand honneur pour moi ! Je compris immédiatement que la seule chose que désirait Vastoch, c'était de devenir le prochain chef des Bazori.

Je protestai, de toutes mes forces. Je ne voulais pas épouser ce Deskar sanguinaire ! Cela me valut d'être battue, mais cette fois-ci, mon père ne se donna aucune peine et me remit entre les mains de ses grosses brutes de gardes…

Je revins dans la chambre d'Azilis en sang et en larmes.

Le jour de mon mariage arriva bien trop vite à mon goût.

Ce fut Azilis qui m'aida à enfiler la robe de mariée de ma mère, me soutenant comme elle pouvait.

La tenue étant conçue pour une ailée, elle devait faire un drôle d'effet sur moi, mais je n'avais pas le cœur à me préoccuper de ça… J'essayais tant bien que mal de contrôler mes émotions, afin de ne pas pleurer. Je ne voulais donner cette satisfaction ni à mon père ni à mon futur époux ! Je souhaitais me montrer forte… bien que j'étais loin de l'être.

La cérémonie ne dura pas, une chance pour moi. Mon mari m'abandonna sitôt nos « vœux » prononcés et je ne le revis qu'à la nuit tombée…

Cette nuit fut la plus horrible de toute ma vie. Ce soir-là, je réalisai pleinement le sens du mot « cauchemar »… Je m'étais fait enchaîner à un monstre !

À peine entré dans la pièce, Vastoch m'attrapa par le bras, me le serrant tellement fort que les larmes m'en montèrent aux yeux, et me balança sans la moindre douceur sur le lit nuptial.

Il se mit ensuite à califourchon sur moi, arrachant avec précipitation le haut de ma robe. J'eus beau hurler et tenter de lui griffer le visage, il n'arrêta pas pour autant !

Son poids reposait sur moi et il ne m'était pas aisé de me débattre… M'attrapant les poignets et me les maintenant au-dessus de la tête, il me susurra dans le creux de l'oreille, d'une voix mauvaise :

– Que tu te tiennes tranquille ou non, tu y passeras… À toi de faire ton choix.

Pour la première fois de ma vie, je choisis de combattre !

Le lendemain de cette nuit d'horreur, je sortis de la chambre avant l'aube et allai retrouver ma seule amie, m'autorisant à pleurer, autant de douleur physique que morale… Si elle en avait eu les moyens, je suis certaine qu'elle m'aurait aidée à quitter cet enfer.

Pour le plus grand bonheur de Vastoch et de Belogor, qui souhaitaient tous deux avoir un héritier, je tombai rapidement enceinte. Je savais que mon père plaçait tous ses espoirs d'une nouvelle ère Bazori en cet être.

Aussi me confia-t-il aux mains des magiciennes du clan. Une à deux fois par jour, celles-ci m'immobilisaient de force, aisément deux heures, et passaient leurs paumes au-dessus de mon ventre arrondi tout en récitant des incantations que je ne comprenais pas.

Ce fut plus tard, après m'être inquiétée d'avoir des douleurs atroces, que je sus ce qu'elles avaient fait. L'une d'elles, après avoir posé sa paume contre mon ventre, me le révéla. Mon père avait créé sa nouvelle arme : ma fille !

Ses ailes, contrairement aux autres Deskars, n'étaient pas de plumes, mais ressemblaient aux membranes d'une chauve-souris. Elles étaient bien plus grandes que la moyenne et… tranchantes, extrêmement tranchantes ! Pour l'instant, elles étaient enroulées autour de son petit corps mais, je le savais de par le seul médecin du clan, elles se déploieraient pendant sa naissance, me laissant très peu de chance de survie…

Je n'avais servi qu'à fabriquer leur arme ! Je ne pourrais jamais élever ma propre fille…

Et bien que je ne le souhaite pas, elle est destinée à devenir une impitoyable guerrière !

C'est aujourd'hui proche de l'accouchement que je termine de rédiger ce journal, dans l'espoir qu'un jour, Azilis le remette à Kadaria – si l'on m'accorde le droit de la nommer ainsi –, afin qu'elle apprenne la vérité et ne devienne pas une tueuse.

Malgré tout, je partirai de ce monde avec une lueur de joie en moi, celle d'avoir toujours su protéger Kida. J'ai l'espoir qu'en découvrant la vérité, ma fille la retrouve et puisse lui avouer ce que je lui ai caché. Peut-être pourra-t-elle me pardonner et, qui sait, offrir un avenir meilleur à ma fille.

Il ne me reste dès lors plus qu'à demander à mon amie de bien vouloir veiller sur ma fille comme si c'était la sienne avant d'attendre que la mort ne vienne me chercher…

Kira

Extraits du journal de Kira Bazori, retranscrits par Blake Dasaraël.

Kadaria

Je suis Kadaria, fille de Vastoch Bazori. On me connaît toutefois mieux sous le nom de « Fleur du Chaos ». Ce surnom m'a été attribué par mon groupe à cause de mon physique peu commun pour une plume-noire, mais aussi grâce à mes aptitudes au combat. Je peux dire sans me vanter que je suis l'une des meilleures guerrières du royaume, ayant même surpassé la puissance de mon père.

Et je vais maintenant faire de mon mieux pour continuer à vous relater cette histoire.

Une grande agitation régnait au manoir. Mon père, qui malgré sa réputation de guerrier sanguinaire, était aussi un fin stratège, avait établi un plan d'invasion du palais royal. L'heure de rendre le royaume aux Deskars avait enfin sonné !

Mon rôle dans cette manœuvre consistait à profiter d'une sortie du prince des Okars pour le retenir à l'extérieur. Il était le seul à pouvoir menacer notre plan, son pouvoir sur le feu lui étant très bénéfique... Mais une fois sa précieuse petite famille capturée, il ne pourrait plus rien contre nous.

Vastoch avait également pris soin de vérifier le nombre de gardes protégeant le palais. Grâce à lui, nous savions à quelle heure attaquer, la plupart des soldats royaux étant en patrouille. Pour qu'il y ait encore moins de surveillance au château et pour augmenter nos chances de réussite, nous avions même incendié la grande place quelques jours plus tôt, sachant que la Reine enverrait ses propres guerriers y renforcer la sécurité.

Ce plan ne pouvait échouer.

Un espion devait venir me prévenir dès que ce *cher* Blake sortirait de l'enceinte de son charmant petit palais et alors, nous pourrions lancer l'assaut !

En attendant, je décidai d'aller voir le vieux dans ses appartements. Je parle bien sûr de mon grand-père, le dirigeant de notre clan. L'âge et la maladie l'empêchant de prendre part à l'euphorie montante – et en général, à ses tâches de chef également –, je pouvais bien aller lui faire partager mon enthousiasme pour ce projet. Je m'envolai du grand hall, ne me souciant pas des nombreux regards interrogateurs sur la raison de mon départ. L'avantage d'être différente était d'avoir appris très tôt à ignorer les autres et à ne pas avoir l'impression de devoir se justifier pour le moindre fait ou geste.

Je me retrouvai vite devant la porte de sa chambre et demandai la permission d'y pénétrer. Le vieux n'aimait pas qu'on entre chez lui sans son accord. Je pense que plus jeune, il avait même des gardes du corps devant sa porte. Je suppose qu'on les lui avait délestés quand il était devenu inutile pour notre clan, ne gardant que son titre, mais donnant toutes ses responsabilités à mon père.

Une faible voix me pria d'entrer et je poussai les battants. Sachant que comme à son habitude, il se reposait, je me dirigeai directement vers sa chambre.

– Salut, grand-père ! dis-je en arrivant à ses côtés.

– Kadaria, ma fierté, me salua-t-il à son tour entre deux toussotements.

J'avais neuf ans, je pense, lorsqu'il avait commencé à être malade, juste après avoir été blessé lors d'un combat. Sa santé n'avait pas été en s'améliorant, tant s'en faut.

– J'ai cru comprendre qu'une grande invasion allait avoir lieu ? se reprit-il.

Je lui expliquai tout et, de temps à autre, il approuvait par de légers mouvements de tête.

– Vous devez remporter cette victoire contre ces satanés plumes-blanches, il en va du bien du peuple des Deskars. Du bien de notre peuple ! me dit-il d'une voix déterminée, avant de recommencer une violente quinte de toux.

– Mais nous allons la remporter ! clamai-je, sûre de moi et de notre plan.

– Tu es digne d'être de mon sang, sache que je suis fier de toi… me confia-t-il, faible.

– Merci, grand-père.

– Mais laisse-moi maintenant, j'ai besoin de repos, se renfrogna-t-il.

J'hésitai entre lui obéir ou rester. Je n'aimais pas

qu'on me donne des ordres et son ton de voix en indiquait clairement un. Je prenais moi-même mes décisions.

Finalement, si je grimaçai, j'obtempérai tout de même, bien qu'à contrecœur. Je ne savais pas réellement pourquoi mais, depuis que j'étais enfant, j'avais toujours cherché à avoir l'approbation du vieux et le respectais plus que mon père. Peut-être cela venait-il du fait que ma mère, sa propre fille, avait été sa plus grande déception. Je voulais sûrement qu'il soit fier de moi.

De ma mère, je ne savais rien, sinon qu'elle avait odieusement trahi notre clan et m'avait abandonnée à ma naissance, dégoûtée par mon aspect.

Alors que je quittais les appartements du vieux, un Bazori vint vers moi.

– Il est sorti, au parc, me dit-il simplement, ce qui était largement suffisant.

Sans prendre la peine de lui répondre, je m'envolai en direction dudit parc. Notre plan allait enfin pouvoir commencer ! Je repérai directement le Prince, avachi contre un arbre, en train de se reposer. Ça ne m'étonna pas, on m'avait assez souvent répété que les Okars profitaient de la vie sans se soucier de celle des autres. J'aurais pu attendre cachée et n'intervenir que s'il s'apprêtait à bouger de là, mais ça aurait été d'un ennui profond. Je préférai le déranger !

Silencieusement, je m'approchai et lui parlai, le faisant sursauter. En moins de deux secondes, il fut debout, face à moi, son arme aussitôt invoquée.

– Tout doux, Petit Prince. Cela va sans doute t'étonner, mais je ne suis pas venue me battre, dis-je simplement.

À chaque fois que je lui donnais ce sobriquet, je voyais à son expression qu'il détestait ça et je jubilais !

Il essaya de deviner mes intentions, mais je restai impassible. Je ne devais rien laisser paraître ! Je me réjouissais de sentir son impuissance et son incompréhension vis-à-vis de ma conduite. Au bout d'un moment, en parfait idiot, il fit disparaître son arme et j'eus du mal à ne pas sourire.

Quand je fus certaine que mon clan avait eu tout le temps nécessaire à l'invasion, je le plantai là, non sans lui avoir révélé ce qui se passait, dans l'unique but de le faire souffrir.

Je n'avais jamais été gentille…

J'avais cependant commis une grave erreur. Une erreur digne d'une débutante ! Je n'avais fait qu'attiser sa haine pour moi et il m'attaqua avec une énergie nouvelle, une énergie que je ne lui connaissais pas. Je sentais qu'il combattait avec trois fois plus d'ardeur que d'habitude.

Malgré ça, j'étais sûre de moi. J'étais une excellente guerrière et je connaissais mon ennemi. Je savais que chacun de ses coups était mûrement réfléchi à l'avance.

Pourtant, il réussit à me surprendre. Pour une fois, il semblait se battre en n'écoutant que sa rage et son instinct. Je dois avouer qu'à partir de ce moment-là, je n'en menais pas large…

Il m'attaquait sans aucune relâche, ne me laissant aucune chance et je n'arrivais pas à parer à la fois ses coups d'épée et son feu destructeur ! J'avais très envie de me protéger de mes ailes en me lovant dedans, mais si je faisais ça, je tomberais de bien trop haut, même pour moi. Je n'étais pas prête à prendre ce risque.

Toutefois, lorsqu'il me blessa le bras de son arme, la souffrance fut si intense que je cessai de résister et m'enroulai dans mes ailes. Je me sentis chuter avec panique et priai pour m'en sortir. Une vive douleur me transperça de part et d'autre et enfin, ce fut le noir…

J'ouvris les yeux et eus subitement très mal à la tête. Ne pouvant rien distinguer autour de moi, je refermai mes paupières quelques instants. Sous moi, le sol était dur et j'avais l'impression que quelque chose entravait mes poignets, mais j'avais bien trop mal pour tenter de bouger, même très légèrement. Ma chute avait dû bien m'amocher !

Avant de retenter d'ouvrir mes paupières, je me concentrai pour activer mon pouvoir de guérison. Je ne savais pas d'où me venait ce don et je n'en avais jamais parlé à personne, pas même au vieux. Je préférais garder ça pour moi.

Peu à peu, je sentis mes douleurs disparaître et m'autorisai un soupir de soulagement. J'ouvris enfin mes yeux et regardai autour de moi. J'étais dans une cellule !

Sentant déjà la colère m'envahir, je me relevai. Ma prison était petite, je n'avais pas assez de place pour étendre mes ailes entièrement ! Un cri de rage sortit de ma gorge lorsque je remarquai que mes poignets étaient liés par une chaîne attachée au mur, bien trop serrée à mon goût. Si le Prince croyait que c'était ça qui allait me retenir captive…

Je laissai un deuxième cri de colère m'échapper en me rendant compte que la chaîne avait été ensorcelée ! Je ne pouvais ni la couper avec mes ailes ni invoquer ma lance double. Ce n'était pas du travail d'amateur, il devait y avoir une puissante magicienne au château ! Elle pourrait être utile au manoir s'il y avait moyen de la capturer…

Soudain, je m'interrogeai. Pourquoi étais-je dans une cellule du palais ? L'invasion avait-elle échoué ? Et si oui, à cause de quoi ? Notre plan était parfait !

Une pointe d'inquiétude commença à me ronger…

Je me mis à me débattre comme une démente, ne voulant pour rien au monde rester dans ce lieu et désireuse de rejoindre mon clan afin de comprendre ce qui avait bien pu mal se passer. Je me démenai en vain, mes liens tinrent bon. Je réessayai quand même en tirant sur eux de plus belle.

— Ça ne sert à rien, cette chaîne est enchantée, entendis-je tout à coup.

Relevant la tête, je vis le prince des Okars juste devant ma cellule. Je lui hurlai dessus, folle de haine, et continuai à me débattre infructueusement dans cet endroit bien trop étroit. Blake me regardait faire avec amusement, me narguant clairement. L'envie d'invoquer ma lance et de le transpercer me tenaillait et j'enrageais encore plus de savoir que ce n'était pas possible. D'un ton plein d'amertume, je lui jurai que je ne resterais pas enfermée bien longtemps, que j'allais sortir ! Il me répondit d'une voix très calme qu'il était justement là pour ça, pour exaucer mon souhait…

Incrédule et toujours furieuse, je m'exclamai :

– Comment !?

– Tu vas venir avec moi bien docilement. On va rendre une petite visite de courtoisie à ta famille, répliqua-t-il, un peu mesquin, ne faisant qu'attiser ma haine.

– Je n'accepterai jamais de te suivre ! lui crachai-je au visage.

– Je m'en doute. Mais vois-tu, tu n'as pas vraiment le choix.

Même pour me dire ça, il ne se départit pas de son horripilant sourire et j'eus encore plus envie de le frapper ! En réponse, je lui souris à mon tour, moqueuse. Jamais il ne pourrait m'y forcer.

Me regardant fixement, il ouvrit ma cellule et vint détacher la chaîne du mur, sans aucune crainte. Il savait bien que, ne pouvant pas déployer mes ailes, je ne risquais pas de le blesser. Il sortit le premier de ma prison momentanée et tira légèrement sur mes liens pour me faire également sortir. N'ayant aucun intérêt à rester dans ma geôle, j'obéis à cet ordre implicite.

Une fois dehors, je constatai qu'il maintenait une longueur de chaîne raisonnable entre lui et moi pour que mes ailes ne puissent l'atteindre. Souriant devant tant de naïveté, je m'avançai rapidement, prête à passer à l'attaque.

Je dus bien vite reculer ! Plus preste que moi et ayant anticipé mon geste, il avait enflammé mes liens et son feu était remonté jusqu'à mes poignets, me brûlant. Je ne doutai pas qu'il recommencerait si je m'approchais à nouveau… Je ne pus m'empêcher de laisser échapper un cri, aussi bien de douleur que de rage.

– Bien essayé, Kadaria. Mais je te connais ! Tente quoi que ce soit d'autre et tu goûteras de nouveau à mes flammes. Il est dans ton intérêt de me suivre docilement.

– Tu me le payeras ! Sois-en sûr, Petit Prince…

Ne me répondant pas, il me conduisit à l'extérieur du château. Il tenta ensuite de s'envoler, mais je ne bougeai pas du sol, l'en empêchant. Hors de question que je lui facilite la tâche ! J'allais sûrement me refaire brûler, mais ça m'était égal. Je pouvais supporter bien pire que ça, j'avais été entraînée pour résister à la torture ! Il ne réagit pourtant pas comme je me l'étais imaginé. Il se mit face à moi et, d'une voix neutre, me dit :

– Tu veux t'amuser ? Fort bien. Nous irons à pied dans ce cas. J'espère pour toi que tu as l'habitude de marcher.

Je pestai silencieusement. À pied, atteindre le manoir nous prendrait au minimum deux jours ! Au moins, ça me laissait le temps de trouver comment échapper à sa vigilance. C'était bien la première fois que je me retrouvais captive et j'avais une horrible appréhension qui m'empêchait de réfléchir convenablement. Pourtant, j'étais convaincue que j'allais m'en sortir, je le savais. Si j'arrivais chez moi en tant que prisonnière, c'est que je n'étais pas digne d'être une Bazori. Et si c'était le cas, si le prince des plumes-blanches comptait se servir de moi, je me donnerais la mort. Je ne serais pas un poids pour mon clan. Jamais !

Mes interrogations sur l'invasion me revinrent soudainement en mémoire, la haine me faisait trop facilement oublier l'important. Je me décidai à poser la question à mon ennemi.

– As-tu fait quelque chose aux autres Bazori !?

– Les autres ? me demanda-t-il, incrédule, en tournant sa tête vers moi.

– Ceux qui ont assiégé le château ! répliquai-je, énervée qu'il me prenne à ce point pour une idiote.

– Alors il devait réellement y avoir une attaque ?

Comment ça, « réellement » ? songeai-je, alarmée par son ton étonné.

– Désolé de te décevoir, mais il n'y a eu aucune attaque dans le cœur de la cité, ajouta-t-il, guettant ma réaction.

C'était impossible ! Tout était parfaitement planifié, rien n'aurait dû contrecarrer l'invasion...

La peur m'envahit ! Ce sentiment ne m'était pas familier et je fis de mon mieux pour ne rien laisser paraître de mon trouble à mon kidnappeur. Je ne pouvais pas m'empêcher de songer qu'il devait être arrivé quelque chose de grave. Je ne voyais que ça comme possibilité.

Je restai silencieuse jusqu'à la tombée de la nuit, ruminant mes sombres pensées. Je ne pouvais pour l'instant pas m'échapper et je n'avais aucunement envie de parler de mes craintes avec mon bourreau.

Lorsqu'il commença à faire trop noir pour pouvoir correctement distinguer où nous mettions les pieds, il attacha ma chaîne au tronc d'un arbre et alla se coucher plus loin, à un endroit où il était certain que mes ailes ne l'atteindraient pas. J'aurais pu de nouveau tenter de briser mes liens en m'acharnant dessus, mais je savais que ça ne servirait à rien et j'avais besoin de sommeil si je voulais pouvoir réussir à m'enfuir au bon moment.

J'eus un peu de mal à trouver Morphée. Le moindre bruit me faisait sursauter et m'obligeait à me retourner vers mon ennemi. Je me doutais qu'il avait besoin de moi vivante et c'était certain que, s'il avait souhaité me tuer, il aurait pu agir plus tôt, lorsque j'étais inconsciente. Malgré tout, je restais méfiante. On m'avait appris à l'être. De plus, il ne fallait jamais faire confiance à un plume-blanche !

Le lendemain, je fus réveillée par Blake, qui me tendit de quoi manger. Par fierté, même si c'était plutôt idiot, je refusai et attendis. Je n'avais de toute façon pas d'autre choix. Il me détacha ensuite et nous nous remîmes en route. J'étais de plus en plus inquiète au sujet de mon clan. J'avais désormais la certitude qu'il était arrivé quelque chose au manoir et désirais m'y rendre au plus tôt, tant pis si c'était en tant que captive. Il fallait que je sache !

À contrecœur, je fis savoir au Prince que j'étais d'accord pour voler.

– Aurait-on mal aux pieds qu'on change d'avis ? me nargua-t-il.

Je serrai les dents, mais ne répondis pas. Peu m'importait ce que ce petit prétentieux pouvait penser, mon unique but était de rejoindre les miens.

Nous nous envolâmes et je remarquai bientôt qu'il jetait souvent de rapides coups d'œil dans ma direction. Il avait sûrement peur de me voir tenter quelque chose. Lui aussi savait rester méfiant.

À chaque fois que je surprenais l'un de ses regards, je lui répondais d'un sourire narquois, voulant le conforter dans son idée. Je ne savais pas pourquoi, mais j'avais le sentiment que s'il se doutait que mon premier but était d'arriver le plus vite possible au manoir, il ferait tout pour nous ralentir. Je préférais donc qu'il croie que je tentais de m'échapper, c'était bien plus simple ainsi. Je remarquai aussi qu'il s'arrangeait pour que nous volions à une altitude assez haute, sûrement pour que les habitants ne puissent pas nous distinguer. Déjà lorsque nous marchions, il nous faisait prendre les rues les moins fréquentées.

Enfin, nous arrivâmes à la frontière d'Izabor, le territoire des Bazori. Territoire durement gagné par les miens. Mes craintes se confirmèrent petit à petit, il s'était passé quelque chose… Tout semblait mort ! Sentant la panique m'envahir, je ne réfléchis pas et fonçai en direction du manoir. D'un coup sec sur ma chaîne, Blake me fit m'arrêter.

– Je dois y aller ! lui criai-je au visage en tirant une fois de plus sur mes liens.

– Je te rappelle que tu es toujours ma prisonnière et…

– Sombre idiot ! Tu ne vois donc pas qu'il s'est passé quelque chose ! le coupai-je en hurlant, hors de moi et voulant à tout prix rejoindre ma maison.

– Tu ne m'as pas laissé l'occasion de finir ! Bien sûr que j'ai remarqué quelque chose, je ne suis pas stupide, contrairement à tes dires, m'apostropha-t-il. À l'inverse de toi, j'ai pris le temps de réfléchir.

– Il n'y a pas à réfléchir, laisse-moi y aller ! ordonnai-je sans grand espoir.

– Kadaria ! Peut-être penses-tu que c'est la cité qui a attaqué ton clan, mais je te jure que ce n'est pas le cas.

Je ne te mentirais pas là-dessus pour te ménager, crois-moi. Qui d'autre aurait pu s'en prendre aux tiens, c'est évident, non ?

Ehuel ! Bien sûr que je savais que c'était lui. Qui d'autre aurait pu empêcher l'invasion d'avoir lieu ?

Je ne doutais pas de la sincérité que je percevais dans la voix de mon ennemi, et pourtant, j'étais persuadée qu'Ehuel obéissait à la cité. Se pouvait-il que le Prince ne soit pas au courant ? Non ! C'était impensable.

– Qu'avez-vous fait ? demandai-je, rancunière.

– Nous ?

– Ehuel, toi, les Okars !

– Le seul responsable, c'est Ehuel. Et je ne sais pas ce qu'il a fait !

– Ehuel n'est qu'une couverture pour la bonne conscience de ton peuple ! Je parie même que tu ne m'as amenée ici que pour m'humilier encore plus en me montrant la défaite de mon clan ! crachai-je.

– Tu ne sais pas de quoi tu parles… Tu ferais mieux de te taire !

– Non ! Je ne me tairai pas ! m'emportai-je.

Subitement, il plaqua sa main sur mes lèvres et j'eus envie de le mordre ! J'aurais dû en profiter pour le blesser, mais trop surprise par son geste, je ne fis qu'étouffer un cri. Il pointa le ciel et je sus pourquoi il m'avait fait taire si violemment. Le déchu était là, volant au-dessus de nous ! Nous attendîmes silencieusement qu'il ait disparu. Je savais que j'aurais dû lui être reconnaissante, il aurait très bien pu m'offrir à l'Okar démoniaque, mais étrangement, cela ne fit qu'augmenter ma haine.

– Si tu veux tout savoir, reprit Blake, ce n'est pas parce que je voulais t'humilier ou quoi que ce soit d'autre que je t'ai amenée ici, je voulais faire un échange.

– Je ne suis pas un vulgaire objet qu'on peut échanger comme on veut !

– Tout doux, me dit-il sur le ton qu'on emploie pour réprimander un enfant. Que ça te plaise ou non, pour l'instant, tu es mon otage. Mon but était de négocier. Toi contre un traité de paix.

– Tu crois sincèrement que les Bazori se seraient soumis, rigolai-je franchement. Nous sommes un clan fier. Je préfère mourir que de les voir accepter ce marché !

– Je n'ai pas parlé de soumission, mais bien de paix et pour ma part, je ne vous qualifierais pas de clan fier, mais de clan masochiste, surenchérit-il, moqueur.

Je pestai. Il avait l'art de me mettre hors de moi. J'étais cependant trop inquiète pour me laisser aller à ma colère.

– Je veux aller chez moi ! exigeai-je tout de même.

– Tu n'es pas vraiment en position de me donner des ordres, siffla-t-il.

– Il faut que j'y aille, insistai-je, espérant ne pas laisser la supplication passer dans ma voix.

J'enrageais encore plus quant à ma position de faiblesse.

– Y a-t-il un quelconque moyen d'entrer dans votre manoir sans se faire repérer ? me demanda-t-il soudainement.

– Tu penses sincèrement que je vais répondre à cette

question ? m'offusquai-je presque.

— Tu veux aller vérifier s'il s'est passé quelque chose, ou non ?

Comment pouvait-il espérer que je trahirais mon clan aussi facilement !? Remarquant mon air outré, il reprit :

— Tu n'es pas la seule à te méfier. Même si je ne crois pas trop à cette hypothèse, tout cela pourrait être une mise en scène, un piège. Si tu tiens réellement à t'y rendre, c'est l'unique moyen, il faut me le dire.

Je ne savais que faire. J'hésitais. Si je refusais, avais-je une chance de m'échapper rapidement pour retourner au manoir ? J'en doutais fort. Il serait probablement trop tard. Il dut certainement voir mon hésitation, car il m'appela, captant mon attention.

— Je te propose un marché, me dit-il.

— Je t'écoute… grinçai-je entre mes dents.

— Tu me dis comment entrer discrètement et si une fois à l'intérieur, tu remarques que tout semble normal, nous ressortons et nous nous dirigeons vers l'entrée principale, comme je l'avais prévu au départ. Même si Vastoch ne veut alors pas accepter ma proposition de paix, je lui dirais avoir connaissance de cette autre entrée, si elle existe bel et bien. Je jure que je ne profiterai pas de ce que tu vas peut-être me confier. Qu'en penses-tu ? Cela te semble-t-il honnête ?

Ses paroles et sa voix devenue de plus en plus douce au fur et à mesure de sa tirade me mirent malgré moi en confiance et je fus tentée d'accepter. Je me ressaisis bien vite.

— Ça me semble honnête, oui, mais comment puis-je te faire confiance !?

– Je n'ai que ma parole à te donner, dit-il. À toi de voir si tu m'accordes ta confiance ou non.

Son regard était si profond et si rassurant que je sentis mes barrières s'effondrer lentement. Presque confiante et ressentant toujours de l'angoisse pour mon clan, j'acceptai son marché, serrant la main qu'il me tendait. Je ne pus que songer que je ne méritais pas ma réputation de guerrière. Je me laissais trop vite rattraper par mes émotions et sentiments personnels ! Le vieux ne serait pas très fier de moi s'il me voyait céder si facilement… lui qui avait lui-même assuré le début de mes entraînements lorsque j'avais eu six ans.

Tout de même un peu à contrecœur, je montrai au Prince le passage souterrain que nous avions construit dans un seul but : pouvoir s'enfuir en cas d'attaque. Ma peur augmenta encore lorsque je vis qu'il était bouché de l'extérieur. Plus moyen de nier, il s'était bel et bien passé quelque chose de grave ! Mais comment Ehuel avait-il été informé de ce souterrain ? Y avait-il un traître dans nos rangs ?

À l'aide de son pouvoir, Blake dégagea rapidement l'entrée et nous nous y engouffrâmes. Nous marchions prudemment, moi derrière lui, maudissant ma position de captive qui m'empêchait de courir vers les miens. Plus nous avancions et plus il faisait sombre. Afin de nous éclairer, Blake créa une flamme qu'il maintint vivante au creux de sa paume.

Bientôt, je fus prise d'épouvante devant la scène macabre qui s'offrit à nous… À nos pieds gisaient les corps de deux serviteurs Bazori, atrocement mutilés ! Je ne pus retenir un cri face à tant d'horreur, je n'avais encore jamais vu de mort aussi impropre pour les victimes. L'assassin n'avait que faire de la décence ! La rage m'envahissant, je voulus me précipiter à la recherche de survivants, mais cet abruti d'Okar m'en empêcha !

– Pas de précipitation. Nous ne savons pas ce qui nous attend plus loin.

– Ehuel est parti ! Nous l'avons vu ! grognai-je plus que je ne lui rappelai.

– Comment peux-tu être sûre qu'il était seul ? argumenta-t-il.

Il devait sans doute espérer me ramener à la raison, mais étant depuis toujours encline à de violentes colères, c'était peine perdue…

– Laisse-moi ! hurlai-je en me débattant et en l'affublant de quelques sobriquets tous plus charmants les uns que les autres.

Je ne supportais pas la vue de ces deux cadavres sur le sol ! Il fallait que j'aille voir les autres dégâts. Il fallait que je trouve des survivants ! Que je m'assure de l'état de mon père et du vieux. Et les enfants du clan, leur avait-on aussi fait subir ce terrible sort ? Je me débattis de plus belle, hurlant et essayant de blesser le prince des Okars qui m'empêchait de rejoindre les miens. Je le sentais faiblir, il allait bientôt me relâcher !

Soudain, je ressentis une vive douleur à la tête et vacillai. Je me sentis tomber lourdement sur le sol et ce fut le noir…

Je me réveillai plus tard, toujours dans le tunnel, allongée à même le sol terreux. Je vis le Prince assis non loin de moi, me fixant avec un éclair de tristesse dans le regard. Je ne voyais pas les cadavres des deux plumes-noires, signe que Blake m'avait portée plus loin. Pour ça, je lui étais reconnaissante. Je n'aurais sans doute pas supporté une seconde fois la vue de ces corps mutilés. Voulant me redresser, je pris seulement conscience de la douleur. Ma tête me faisait atrocement souffrir !

– Comment te sens-tu ? me demanda le Prince.

Je ne lui répondis pas, le regardant étrangement.

– En temps normal, je n'aime pas frapper un adversaire dans le dos, encore moins quand il n'a pas la possibilité de se défendre à sa guise, mais tu es devenue hystérique. Je n'ai pas eu le choix, me souffla-t-il calmement.

Presque trop calmement.

Assommée ! Il m'avait tout bonnement assommée ! Pourtant, je ne lui en voulais pas, toute ma haine allant désormais à l'auteur du massacre que j'avais vu et mes pensées ne se dirigeant que vers les autres membres du clan.

– Te sens-tu prête à avancer ? m'interrogea-t-il ensuite avec compassion.

La compréhension que je lisais en lui me laissait sans voix. Il semblait même triste pour les deux Bazori. Or, nous étions ses ennemis, notre perte devrait le réjouir.

Je remarquai seulement alors que depuis que j'étais sa captive, il ne m'avait pas une seule fois manqué de respect. Tant que je ne tentais rien contre lui, il se montrait plus qu'honnête et ne me provoquait que si j'en faisais de même. Si les rôles avaient été inversés, je savais que je n'aurais pas hésité une seule seconde avant de lui faire du mal... Je me sentis honteuse et regardai désormais mon ennemi avec moins de mépris. Il avait une grandeur d'âme que je n'avais pas et que je n'aurais probablement jamais, force m'était de le reconnaître.

– Je crois, oui, finis-je par répondre.

Il commença ce que je pris comme étant un geste pour m'aider à me relever, mais se ravisa en jetant un œil à mes ailes. Je ne m'en offusquai pas. J'avais depuis longtemps l'habitude de lire la peur sur les visages me regardant. Après tout, j'étais un monstre...

Silencieusement, nous nous remîmes à marcher dans le souterrain. Si de temps à autre, il y avait encore un corps ou deux gisant à terre, je frissonnai mais avançai. Je ne pouvais de toute façon plus rien pour eux... Mon pouvoir de guérison ne pouvait ressusciter les morts.

Comme le tunnel débouchait un peu plus loin dans les sous-sols du manoir, je conseillai à Blake de diminuer l'intensité de sa flamme, au cas où un membre du clan aurait pu nous surprendre. Je crains malheureusement que c'était là faire preuve de trop d'espoir.

Sans un mot, il acquiesça et fit ce que je lui demandais. Puis, toujours aussi silencieusement, j'ouvris la porte tant bien que mal – quelle plaie cette chaîne ! – et nous pénétrâmes dans les caves du lieu qui m'avait vue grandir. Ici également, un carnage semblait avoir eu lieu et plusieurs corps jonchaient le sol. Je sentis un horrible frisson glacé me remonter le long de l'échine et ne pus retenir un cri lorsque, parmi les cadavres, je reconnus mon maître d'armes. Avec une rapidité plus qu'étonnante, Blake me fit taire. Même si cela me révulsait de l'admettre, il avait eu raison de le faire. Si une quelconque menace se trouvait toujours en cet endroit, je n'aurais fait que l'alerter de notre présence.

J'eus envie de pleurer en voyant tous ces corps, mais je me mordis la lèvre et m'en empêchai. Je ne devais pas pleurer. Une Bazori ne se laissait pas aller devant un ennemi et mes larmes n'auraient pas honoré mes morts.

– Ça va ? me questionna le Prince.

Il semblait même inquiet. Sans doute une ruse, songeai-je amèrement.

– Comme si tu t'en souciais, répliquai-je.

– Crois-le ou non, mais c'est le cas. Je sais ce que ça fait de perdre un membre de sa famille.

– Ferme-la ! m'emportai-je.

Je n'avais plus qu'une seule envie : me terrer quelque part et ruminer ma vengeance. Je les savais tous morts, c'était une conviction.

– Viens, il faut continuer à avancer, reprit-il. Il y a peut-être des survivants.

– J'en doute… Qu'est-ce que ça peut te faire de toute façon ? Tu dois te réjouir de ce massacre !

– Aucun massacre ne m'apporte de la joie. Si je le pouvais, je réglerais tous les conflits du royaume sans jamais devoir invoquer mon épée.

– Pourquoi ? lui demandai-je, curieuse.

Moi qui avais été élevée pour combattre, sa façon de penser m'intriguait.

– C'est ma manière de voir les choses, rien de plus. Tu ne veux vraiment pas voir s'il n'y a pas de survivants ? Je sais que c'est dur, mais nous ne pouvons pas partir sans nous en être assuré.

J'acquiesçai, la mort dans l'âme.

– Passons par les cachots, dis-je. Il y a un passage secret qui donne dans le hall, c'est plus sûr que de remonter par l'escalier principal.

Je le vis approuver mes paroles et me suivre, faisant tout de même attention à mes ailes si dangereuses. C'était bien inutile de sa part. Je n'avais pas la volonté de le blesser pour l'instant et ça n'aurait servi à rien. Ça ne me ramènerait pas mon clan.

Arrivé au niveau des cachots, Blake se stoppa et se retourna vers moi.

– Tu entends ? me demanda-t-il.

– Non.

C'était vrai, je n'entendais rien du tout.

– Mais si, écoute. On dirait des pleurs !

Me concentrant, je les perçus à mon tour. Il y avait donc au moins un survivant !

Le cœur emplit d'espoir – du moins pour ma part –, nous nous dirigeâmes dans la direction de ce bruit avec précipitation et aperçûmes bientôt, à l'intérieur d'une cellule, une Deskare d'une cinquantaine d'années qui pleurait, repliée sur elle-même. Son physique m'évoquait quelqu'un, mais s'il s'agissait d'une captive, je ne devais pas la connaître. Mon père ne m'autorisait pas à descendre aux cachots.

– Azilis ? interrogea toutefois mon ennemi, un air de stupéfaction collé au visage.

À l'entente de ce nom, je relevai vivement la tête. Azilis avait été ma mère de substitution jusqu'à mes cinq ans, avant de s'évaporer mystérieusement de ma vie. Cela ne pouvait être elle !

Cependant, la plume-noire releva ses yeux et observa

attentivement le Prince, comme essayant de remettre un nom sur un visage.

– Azilis, c'est moi. Blake, déclara-t-il d'une voix très calme.

– Blake ? C'est bien toi ?

– Oui. Comment se fait-il que tu sois enfermée ici ? Nous te croyions morte !

– Et moi aussi, crus-je bon d'intervenir.

Le regard de la femme se posa alors sur moi.

– Ma petite Kadaria… sanglota-t-elle. Comme tu as grandi ! Et moi qui pensais ne jamais te revoir.

– Comment le connais-tu ? la coupai-je sans répondre à ses politesses.

– C'est une espionne de la cité, expliqua Blake pour elle quand il vit son expression gênée. Elle a travaillé de nombreuses années pour le palais et rapportait vos plans à mes parents afin que nous puissions éviter le plus de dégâts possible.

– Tu nous trahissais !? fis-je, me prenant un poignard en plein cœur. Je te considérais comme ma mère !

– Kadaria, il y a des choses que tu ignores encore et… tenta-t-elle de se justifier.

– Je ne veux rien savoir ! crachai-je avant de la regarder avec le nouveau dégoût qu'elle m'inspirait.

Elle détourna les yeux, signe ô combien évident de son malaise.

J'avais été très affectée par la nouvelle de sa « disparition ». Petite, c'était elle qui m'habillait, me brossait les cheveux et s'occupait de moi. Si j'avais peur, alors que tous les autres me reprochaient de ne pas combattre mes craintes, elle me rassurait et me laissait souvent dormir avec elle. Elle ne s'était même jamais méfiée de mes ailes. Et dire qu'elle n'était en fait qu'une espionne des Okars…

– Comment t'es-tu retrouvée captive ? redemanda le Prince Okar.

– Vastoch a découvert mon rôle et a fait en sorte que je ne sorte plus jamais d'ici, tout en faisant courir la rumeur de ma mort. Il n'avait juste pas prévu d'être trahi. Un membre du clan a fait alliance avec Ehuel.

– Pour quelle raison ?

– Ça, je l'ignore. Mais le malheureux est mort, lui aussi. Il aurait dû savoir que ce monstre n'épargne aucun plume-noire. Tout comme j'aurais dû savoir que ma couverture finirait par tomber à l'eau…

– Tu es libre à présent, sourit Blake. Peux-tu voler ?

– Plus aussi bien qu'autrefois, je le crains. L'enfermement n'est pas propice pour ça. Mais personne ne dira de moi que je n'en suis pas capable !

Souriant, le Prince lui dit :

– Rejoins le palais et Mère, elle prendra soin de toi. Je vais continuer à rechercher d'éventuels survivants.

– Bien. Blake ?

– Oui ?

– C'est Ehuel, le responsable, affirma la Deskare d'une voix grave.

– Je sais.

– Fais attention, mon petit, fit-elle avec émotion.

– Toujours. Sois prudente en partant.

Puis, Blake lui expliqua comment sortir par le souterrain et les visions qui l'y attendaient. Elle se dirigea ensuite vers l'issue indiquée mais sembla se raviser et vint vers moi. Elle sortit un carnet d'une de ses poches et me le tendit.

– Qu'est-ce ? questionnai-je, sans chercher à dissimuler la rancœur dans ma voix.

– Ceci appartenait à ta mère.

À ces mots, la surprise dut se peindre sur mon visage. On ne m'avait jamais parlé de ma mère, hormis pour le peu que j'en savais.

– Elle voulait que je te le remette lorsque tu serais en âge de comprendre. Je n'ai jamais pu tenir ma promesse, jusqu'à aujourd'hui.

Hésitante, je pris ce qu'elle me tendait. Dans un sourire que je qualifierais de maternel, elle nous quitta, prête à rejoindre la cité. Je rangeai le carnet sur moi, n'y jetant même pas un œil.

– Tu ne l'ouvres pas ? s'étonna Blake.

– En quoi ça te regarde !?

– Je suis juste curieux.

Sans un mot de plus, il me fit avancer, prêt à repartir à la chasse aux survivants, s'il y en avait…

Une fois que nous montâmes enfin au rez-de-chaussée, nos pires craintes furent confirmées. Nous ne trouverions sans doute aucun rescapé parmi tous ces cadavres… Pas un seul Bazori n'avait été épargné ! Je ne pus retenir mes larmes devant la dépouille de mon père. Une fois de plus, le Prince m'étonna. Il me laissa pleurer mes morts avec dignité, se retournant comme s'il n'avait pas vu les premières larmes ruisseler sur mes joues.

Tous ces corps étendus à terre, livides, qui ne respireraient plus jamais… Un tel massacre me laissait sans voix. Même nous, nous n'avions jamais autant tué à la fois et nous faisions ça bien plus proprement.

Songeant au vieux dans sa chambre, je dis :

– Il y a une pièce à l'étage où j'aimerais me rendre avant de partir.

D'un léger mouvement de la tête, Blake acquiesça et toujours en tenant fermement ma chaîne, il me laissa le guider à l'étage. Tant de compassion me répugnait presque. Je n'arrivais pas à le comprendre.

Une fois devant la porte de la chambre de Belogor, j'hésitai. J'avais envie qu'il soit encore en vie, mais pouvais-je oser espérer sans être cruellement déçue ? Allais-je une fois de plus devoir regarder la mort de l'un des miens en face ?

Blake dut sentir mon hésitation, car sans rien dire, il passa devant moi et ouvrit la porte avec lenteur.

Nous fûmes pétrifiés par le spectacle qui s'offrit à nos yeux.

Le vieux gisait dans son lit tandis qu'une créature petite, trapue et difforme, aussi rouge que le sang et irradiant une aura noire était penchée au-dessus de lui, dévorant ses entrailles sanglantes avec avidité.

Je ne pus retenir un cri, épouvantée !

La créature tourna la tête vers nous, relâchant les viscères qu'elle avait entre ses mâchoires. Avec une rapidité qui nous surprit, elle fondit sur nous et Blake n'eut que le temps de lui envoyer une de ses fameuses boules enflammées avant qu'elle ne disparaisse dans les couloirs !

– Il faut sortir d'ici et avertir le palais ! me dit mon ennemi. Si Ehuel et sa chose ont éliminé tous les Bazori, les Deskars du royaume seront les prochains !

Il avait raison, je le savais. Même si j'étais toujours certaine qu'Ehuel agissait sous les ordres de la cité, il m'avait convaincue qu'il n'était pas au courant. Son regard était bien trop sincère. Je ne savais pas comment c'était possible, mais il était innocent.

Comme je n'avais plus aucune raison de rester ici, je hochai la tête.

– Souhaites-tu que j'incendie les corps avant que nous ne partions ? m'interrogea-t-il avec douceur.

Je hochai une nouvelle fois la tête, espérant que toute la gratitude que je ressentais à cet instant pour lui ne transparaisse pas trop sur mon visage. Son geste était noble. Il offrait ainsi une certaine paix aux miens, ses propres ennemis. Ou n'était-ce qu'un moyen de m'amadouer. Je ne savais plus que penser. Je n'avais pas les idées claires…

Mais pendant qu'il accomplissait sa macabre besogne, la terrible vérité s'imposa à moi… J'étais la dernière des Bazori.

La haine et la colère reprirent enfin le dessus sur ma tristesse et la peur que j'avais ressentie en voyant tous ces corps refroidis. Aussi, quand le Prince eut fini sa lourde tâche, c'est d'une voix forte et pleine d'assurance que je lui dis ces quelques mots :

– Détache-moi. Détache-moi et je jure que je serai ta plus fidèle alliée pour détruire Ehuel si tel est ton but !

Kadaria Bazori

Blake

Je la regardai, surpris par la détermination qui perçait dans sa voix malgré le drame qu'elle venait de vivre. Bien que je n'approuvais guère les agissements des Bazori – loin de là même –, ils ne méritaient pas un tel sort. Ehuel était un monstre !

Comme il fallait l'arrêter au plus vite et comme je sentais au plus profond de moi que je pouvais – pour le moment du moins – faire confiance à mon ennemie, j'acceptai de la défaire de ses liens, en y mettant tout de même certaines conditions.

Premièrement, la nuit, comme je ne pourrais guère la surveiller, elle serait de nouveau attachée.

Deuxièmement, même délivrée de sa chaîne, elle restait ma captive et devait suivre mon plan et mes directives quant à la capture du déchu.

Et enfin, à la moindre tentative de trahison de sa part, je l'entravais à nouveau, définitivement.

Elle accepta chacune de ces conditions et je lui retirai ses liens. Elle se massa longuement les poignets et je vis que la chaîne lui avait laissé des marques. Peut-être l'avais-je un peu trop serrée ?

Je tachai vite d'oublier ma culpabilité. Il s'agissait quand même de mon ennemie ! Mère me reprochait souvent d'accorder ma confiance trop facilement. Il fallait que je demeure méfiant, qu'elle ait accepté mes conditions ne voulait pas dire qu'elle allait les respecter. Je devais également veiller à rester le plus éloigné possible de ses deux ailes. Bien que l'intégralité de sa haine soit pour l'instant dirigée vers Ehuel et sa monstrueuse créature, je savais qu'elle me considérait comme son adversaire. Je n'étais pas à l'abri d'une attaque éventuelle. Les Bazori n'ayant pas le sens de l'honneur, je préférais ne pas m'y fier. Comme me l'a un jour dit Père quand je n'étais encore qu'un enfant : « un homme méfiant est un homme vivant ». Je savais que c'était vrai.

– Que fait-on ? me demanda subitement la Fleur du Chaos.

– On se rend au palais.

– On ne pourchasse pas ce monstre !? s'outragea-t-elle, déjà furieuse de ma décision.

– Du calme. Il faut d'abord prévenir la cité. Des mesures doivent être prises pour assurer la sécurité de chaque plume-noire du royaume, expliquai-je. Nous sommes les seuls au courant pour l'instant.

– Comme si tu te souciais de leur protection, me cracha-t-elle avec hargne.

Je choisis d'ignorer sa remarque et poursuivis :

– Nous partirons à la recherche d'Ehuel juste après ça. Es-tu toujours avec moi ?

Un peu à contrecœur, je le vis bien, elle acquiesça et nous nous envolâmes. Il fallait rejoindre le cœur de la cité au plus vite !

– Petit Prince ? m'interpella Kadaria.

– Oui ? soupirai-je.

– Tu ne crois pas que les habitants vont s'inquiéter de voir leur prince adoré voler au côté de « la vilaine Bazori » ?

Je n'avais guère songé à ce détail…

– Il y a des chances, si, concédai-je.

– Il faut monter, qu'on ne puisse plus nous distinguer.

Elle avait raison. Même si j'étais avec elle, les gens du royaume continueraient de s'effrayer sur son passage et les gardes ne la laisseraient jamais s'approcher du palais. Je craignais toutefois un piège de sa part. Elle dut le lire sur mon visage car, d'une voix outrée, elle s'écria :

– C'est pas vrai ! C'est une situation d'urgence, je te rappelle. Et j'ai juré de m'en tenir à tes conditions !

Cet argument suffit pour me convaincre et nous disparûmes bientôt au-dessus des nuages. Il y avait beaucoup de vent, ce qui ralentissait notre progression. À deux reprises, je fus forcé de redescendre sous l'épais voile blanc pour vérifier que les rafales n'avaient pas dévié notre trajectoire.

À ma troisième descente, je fus stoppé par l'un de nos gardes.

– Blake ! me cria-t-il.

Je le regardai, surpris. Son air indiquait clairement que quelque chose clochait.

– Tu dois fuir, vite ! me dit-il, paniqué.

– Fuir !? m'indignai-je. Mais que se passe-t-il, Hawk ?

Je connaissais bien ce soldat – raison pour laquelle il m'appelait Blake et me tutoyait. J'avais déjà effectué plusieurs rondes avec lui et combattu à ses côtés. Fuir ne faisait normalement pas partie de son vocabulaire...

– Va-t'en ! répéta-t-il. Les autres gardes te traquent eux aussi, mais ils ne te laisseront pas t'enfuir. Il ne faut pas qu'ils t'attrapent !

– Mais pourquoi voudraient-ils me capturer ? protestai-je. C'est insensé. Je suis des vôtres.

Je ne comprenais plus rien ! Que diable était-il en train de se passer ? Et pourquoi les soldats me pourchassaient-ils ?

– Tu es recherché, mort ou vif, poursuivit Hawk, au même titre que la Fleur du Chaos !

Pourquoi Mère voudrait-elle m'arrêter ? Que se passait-il à la fin !?

– Le palais... continua le soldat, plus bas.

Il ne finit jamais sa phrase, d'autres gardes étaient en train de se rapprocher de nous.

– Va-t'en, bon sang ! Fais-toi oublier quelque temps, histoire que la surveillance diminue et reviens après... mais seulement après ! m'ordonna-t-il d'une voix insistante.

Ne sachant pas ce qui était en train de se produire au château, et comme je savais Hawk très sage, j'obéis et remontai retrouver mon ennemie à l'abri des nuages.

– Tu en as mis du temps ! me reprocha cette dernière.

– Changement de plan, on ne va plus au palais.

Devant sa mine interrogative, je m'expliquai :

– Nous avons des ennuis, je le crains. Nos têtes sont mises à prix.

– La tienne aussi ? me demanda-t-elle, surprise.

– Oui.

– Mais ça n'a aucun sens !

– À qui le dis-tu ! m'exclamai-je. Il se passe quelque chose au château, j'en suis sûr !

– Ehuel ?

Elle avait posé cette question avec une certaine délicatesse, une douceur que je ne lui connaissais pas. J'avais presque l'impression qu'elle voulait me ménager et, au vu de ce qui était arrivé aux siens, je lui en fus reconnaissant.

– J'espère bien que non, répondis-je finalement.

– Il n'y a qu'une seule façon de le savoir, on y va ! dit-elle, prête à foncer.

– Non !

– Non ? Mais c'est chez toi pourtant !

– C'est trop hasardeux de s'y rendre pour le moment, argumentai-je, un peu trop sèchement, je l'avoue. Si je me fais prendre, il n'y aura plus personne pour aider les miens !

– Que vas-tu faire alors ? Ou plutôt, qu'allons-nous faire ?

– Ce qu'un ami m'a conseillé de faire, dis-je, déterminé malgré mon anxiété.

Ma famille se portait-elle bien ? Je ne pourrais m'en assurer que dans plusieurs jours…

– Mais encore ? insista-t-elle.

– Nous allons devoir rester quelques jours dans l'ombre, le temps qu'ils abandonnent les recherches. Ensuite, nous pourrons nous rendre au palais et voir ce qu'il s'y passe !

– Si ton plan est réellement de nous terrer quelque part, alors il ne faut pas rester au royaume. S'ils nous traquent activement, ils nous trouveront, où que nous nous dissimulions.

– Où nous suggères-tu d'aller dans ce cas ? Nous ne pouvons quand même pas quitter le pays.

– Bien sûr que si, on peut. Il nous suffit de nous cacher dans les royaumes Humains !

Je ne sus d'abord que répondre, bien trop estomaqué. Était-elle devenue folle ?

– Les royaumes Humains, répétai-je.

– C'est ce que j'ai dit, oui.

– As-tu perdu la tête !? C'est bien trop risqué ! Les Hommes sont terriblement méfiants envers ce qu'ils ne connaissent pas et peuvent devenir de véritables monstres pour ceux qui sont différents d'eux. Nos légendes en sont la preuve.

– Je sais, se contenta-t-elle de me répondre, j'y suis déjà allée.

– Tu... Quoi !? fis-je, sous le choc. Laisse tomber, poursuivis-je immédiatement. Pourquoi voudrais-tu qu'on y aille ?

– N'est-ce pas flagrant ? demanda-t-elle comme si, pour elle, c'était l'évidence même.

À la réflexion, c'était sans doute le cas. Je me bornai à la dévisager, attendant qu'elle continue.

– Eh bien ! Je dois dire que je suis déçue. Je te croyais quand même un brin plus intelligent que ça. Comment as-tu pu me battre ? soupira-t-elle.

– Explique-toi, la priai-je, las de ses moqueries.

– Tout le monde sait à quel point les Hommes sont

dangereux et c'est en grande partie pour ça que personne ne quitte le royaume. Jusqu'ici, nous sommes d'accord ? me demanda-t-elle sur un ton qui laissait croire qu'elle s'adressait à un simple d'esprit.

– Donc, personne ne pensera à nous y chercher. On ne pensera même pas qu'on ait pu s'y rendre, compris-je.

– Ben voilà ! Tu vois quand tu veux, se moqua-t-elle.

– Mais où aller ?

– Je connais un endroit où il y a peu d'Humains. Mais tu vas devoir me faire confiance pour y aller.

– Alors, allons-y avant que je ne change d'avis, fis-je.

Elle me sourit, plus aussi méchamment, eus-je l'impression, et sans tarder, nous nous mîmes en route.

Je n'étais encore jamais descendu dans les royaumes Terrestres. C'était une grande première pour moi, contrairement à Kadaria, qui semblait y être habituée.

Je fus surpris de voir à quel point Khalitekla était loin de la terre ! On ne pouvait d'ailleurs pas distinguer celle-ci depuis le royaume. D'un côté, je trouvais ça mieux. On ne pouvait pas être tenté par ce qu'on ne voyait pas. Je savais que certains Ailés n'auraient pas hésité à descendre chez les Hommes s'ils savaient à quoi leur monde ressemblait vraiment. Les anciens l'avaient décrit comme un monde de chaos, pourtant, en le survolant de haut, je trouvais ça plaisant.

Par moment, on ne voyait que du vert à perte de vue, et à d'autres, des habitations gigantesques semblaient se disputer le droit d'atteindre le ciel. C'était vraiment quelque chose de fascinant à regarder. Je comprenais mieux pourquoi Kadaria avait voulu y venir. Personne ne pourrait nous trouver dans cette immensité.

Après de longues heures de vol qui m'endolorirent les ailes, la Fleur du Chaos m'indiqua que nous étions – enfin – arrivés à destination. Je suis forcé d'admettre avoir été impressionné par son endurance. Elle semblait à peine fatiguée par notre voyage alors que moi, je n'en pouvais plus, bien que je ne le montrais pas.

Pourtant, avec mes rondes, j'aurais dû être habitué aux vols longs !

Regardant autour de moi, je l'interrogeai, un peu sceptique :

– Ta super cachette, c'est une forêt ?

– Joli sens de l'observation, Petit Prince, me nargua-t-elle. Peu d'Hommes passent par ici, il nous suffit d'attendre et de nous trouver à manger. Je ne pense pas qu'on tiendra longtemps avec le peu que nous avons sur nous...

– En effet.

Ce que je pouvais détester me faire surnommer « Petit Prince » ! Pour une fois, je lui en fis la remarque.

– Et arrête de m'appeler comme ça.

– Comment ? « Petit Prince » ? se moqua-t-elle ouvertement.

Je n'aurais jamais dû lui confirmer que cela me dérangeait... Jamais !

– Tu le sais très bien, répondis-je, las.

J'eus droit à l'un de ses fameux sourires narquois, mais étrangement, il ne m'affecta pas autant que les autres, j'eus même envie d'en rire. Les événements m'étaient sans doute un peu trop montés à la tête…

Comme le jour touchait à sa fin, nous choisîmes de nous poser sur place pour la nuit. J'allais lier les poignets de mon ennemie lorsqu'elle me fit une demande, ce qui était plutôt rare chez elle.

– Peux-tu ne m'attacher qu'une seule main ?

Je voyais bien que le fait de le solliciter la révulsait.

– Pourquoi ? l'interrogeai-je, restant suspicieux.

Elle détourna les yeux avant de me répondre, comme si elle avait honte de ce qu'elle voulait dire – et peut-être que pour elle, l'avouer était honteux.

– J'aimerais commencer à lire le carnet de ma mère.

– Oh, fut tout ce que je trouvai à lui rétorquer.

Après tout, qu'elle soit attachée par un ou deux poignets, tant qu'elle était attachée, cela importait peu. Aussi, lui octroyai-je ce qu'elle demandait et allai-je nouer la chaîne à un arbre.

Sans m'accorder un seul regard, elle s'assit et débuta sa lecture, silencieusement. Presque religieusement, oserais-je dire. J'avais cru comprendre qu'elle n'avait jamais connu sa mère et je tentai tant bien que mal de me représenter ce que ça pouvait lui faire de lire les mots que cette dernière avait écrits autrefois. Je n'y arrivai pas. Je pense qu'il s'agissait là d'une situation qu'on ne pouvait ni imaginer ni comprendre sans l'avoir vécue.

Au bout d'un moment, j'entendis un petit claquement sec et sonore, signe qu'elle avait refermé le livret avec violence. Je relevai la tête à temps pour la voir le lancer plus loin, dans une rage évidente. Comme j'allais prendre la parole, elle me dit d'une voix dure :

– Pas un mot !

Je n'avais jamais été du genre à chercher volontairement le conflit, alors je me tus. Il ne servait à rien de l'interroger. Je savais qu'elle ne dirait rien.

J'avais une envie folle de lire ce qui l'avait tant contrariée, j'étais très curieux de savoir ce que sa mère lui avait écrit, mais je ne fis rien pour aller reprendre le carnet. Bien que j'en avais la possibilité sans que Kadaria ne puisse m'en empêcher, je m'y refusais. Cela avait une valeur privée que je ne voulais enfreindre.

Je vis mon ennemie se coucher, comme cherchant à forcer le sommeil. Elle était cependant bien trop en proie à la colère pour s'endormir paisiblement.

Elle me tournait le dos et, je ne sais pourquoi, je la regardai longuement, songeur. Jamais je n'aurais cru qu'un jour, je m'allierais à une Bazori. La meilleure de leurs guerriers de surcroît. Notre situation était surréaliste et je ne parvenais toujours pas à assimiler que j'étais désormais un criminel en fuite. Au fond de mon être, je pressentais qu'il était arrivé quelque chose de grave au palais. Je ne voyais que cela pour expliquer la panique de Hawk et le comportement des gardes.

Et au vu de ce qu'il s'était passé au manoir des Bazori, j'avais toutes les raisons de m'inquiéter. À la simple pensée de ce qu'il pouvait être arrivé à Mère et Arsinoé, j'avais envie de me précipiter chez moi !

Mais, je devais avoir confiance en Hawk. S'il jugeait qu'il était plus prudent pour tous que je me fasse oublier un moment, je m'en remettais à son jugement. J'étais certain qu'il me l'aurait dit si mes parentes n'étaient plus de ce monde. Il ne m'aurait pas caché ça. Je devais garder espoir.

Fatigué par mes craintes et interrogations, je m'allongeai à mon tour, mais ne trouvai pas le sommeil pour autant. Mes peurs me rongeaient bien trop.

Je n'eus même pas conscience de m'endormir enfin.

Lorsque je m'éveillais le lendemain matin, Kadaria semblait déjà réveillée depuis un bon moment. Toutefois, quand je vis les cernes sous ses yeux, je m'interrogeai. Avait-elle réussi à fermer l'œil de la nuit ?

Je la détachai sans un mot et elle s'éloigna, disant qu'elle allait nous trouver de quoi nous nourrir. Je la laissai faire, convaincu qu'elle n'allait pas s'enfuir. Marchant quelques pas pour me dégourdir les jambes, je manquai piétiner le carnet de mon ennemie. Je le ramassai et le rangeai sur moi. Furieuse comme elle l'était hier soir, elle serait bien capable de l'oublier là et de le regretter plus tard. Je le garderais donc et lui rendrais si jamais elle me le réclamait, c'était plus sage comme ça. Je ne savais pas pourquoi elle était si énervée, mais j'étais sûr d'une chose : c'était le seul souvenir qu'elle avait de sa mère. C'était quelque chose de très précieux, quelque chose qui ne devait pas moisir au fond d'un bois.

Kadaria revint bientôt, portant un gros gibier. Ce n'était pas aujourd'hui que nous allions mourir de faim ! Pour ma part, j'avais trouvé quelques baies sans réellement le vouloir. L'association des deux fit un repas très acceptable.

Plusieurs jours s'écoulèrent au même rythme et nous

ne parlions presque jamais, chacun attendant impatiemment de pouvoir – pour des raisons certes différentes – rentrer au royaume.

Un après-midi, alors que nous mangions, elle s'écria :

– Va-t-on devoir encore patienter ici longtemps !?

– Un ou deux jours, pas plus, répondis-je calmement, habitué à ses sautes d'humeur.

– Es-tu au moins certain que les gardes ne te chercheront plus ?

– Je ne suis pas médium, je ne peux pas en être sûr ! Mais je fais confiance à Hawk. Je préfère être prudent et parvenir au palais libre que me précipiter tout droit dans un piège – si piège il y a.

Elle marmonna quelque chose puis se tut. Aussi impatiente de prendre sa vengeance et furieuse soit-elle, elle devait bien comprendre que ma décision était réfléchie, même si elle ne l'admettrait sans doute jamais...

Tout à coup, un bruit attira notre attention. Un bruit de pas... Quelqu'un venait dans notre direction !

Nous n'eûmes même pas le temps de nous envoler. Une femme jaillit juste devant nous. Quand elle nous aperçut, ses traits se figèrent sous la peur ou la stupeur – je ne savais pas trop.

Alors qu'elle allait crier pour, sans doute, appeler de l'aide, elle s'effondra sur le sol, inerte et surtout, assommée.

– Kadaria ! m'exclamai-je, choqué.

– Quoi ? protesta-t-elle. Fallait bien l'empêcher de hurler, non ? Je l'ai juste frappée, il n'y a pas mort d'hommes.

Certes… mais c'était une solution un peu trop radicale à mon goût.

Elle vérifia que l'inconnue n'avait pas d'armes sur elle et revint vers moi.

– Que fait-on, maintenant ?

Je m'étonnai qu'elle me demande mon avis, mais n'en laissai rien paraître.

– Je n'en sais rien, m'entendis-je répondre.

– On pourrait l'abandonner ici. Elle finira bien par se réveiller et avec un peu de chance, elle pensera avoir eu une hallucination.

– Il n'en est pas question ! m'horrifiai-je.

– Mais…

– On ne peut pas la laisser seule et inconsciente dans cette forêt, tu n'aurais même jamais dû l'assommer, lui reprochai-je.

– Dans ce cas, tu t'en occupes.

Sur cette parole, elle s'éloigna de quelques pas et s'adossa contre un sapin. Quelle tête de mule !

Pendant qu'elle enrageait dans son coin, je m'accroupis près de la femme et me mit à la secouer légèrement. Au bout d'un moment, elle ouvrit les yeux et, me voyant, s'apprêta une nouvelle fois à crier. Moins radical que ma compagne d'infortune, je me contentai de la faire taire en lui plaquant ma main sur la bouche. Je tentai ensuite de la rassurer par quelques paroles.

– N'ayez crainte. Nous ne vous voulons aucun mal.

Je vis le doute s'installer dans son regard marron.

– Pardonnez la brutalité dont Kadaria a fait preuve, elle n'est pas habituée aux étrangers, continuai-je.

Elle sembla un peu s'apaiser. Un peu.

– Vous me promettez de ne pas tenter de hurler ? lui demandai-je, hésitant.

Elle hocha la tête et je retirai ma main. Toujours assise sur le sol de la forêt, elle s'éloigna de moi en reculant.

– Qui êtes-vous ? m'interrogea-t-elle d'une voix tremblante.

– Je m'appelle Blake. Blake Dasaraël, me présentai-je.

– Vous… Vous avez des ailes ! paniqua-t-elle.

– En effet. C'est déroutant, je sais, expliquai-je, gêné. Je suis un plume-blanche et elle là-bas, fis-je en pointant Kadaria, c'est une plume-noire… un peu spéciale.

L'inconnue jeta un coup d'œil dans la direction que je lui indiquais et pâlit devant la taille des ailes de mon ennemie.

– Je sais que cela doit vous paraître incroyable, repris-je, mais il ne faut surtout pas que les Humains aient conscience de notre existence, alors…

– Je ne dirai rien, je le jure ! me dit-elle, apeurée. Ne me faites pas de mal, je ne dirai rien à personne…

Voyant l'état d'affolement dans lequel elle se trouvait, je tentai de la calmer.

– Nous ne vous voulons aucun mal, je vous le promets.

Dans un geste lent, je lui tendis la main, désirant l'aider à se relever. Elle me regarda, suspicieuse, mais finit par prendre ma main dans un geste mal assuré. Un geste qui trahissait toute sa crainte. Souriant, je la remis sur ses pieds.

– Est-ce que je rêve ? me demanda-t-elle alors.

– Je ne crois pas, non. Repartons sur de bonnes bases, voulez-vous ?

Elle hocha la tête, semblant déjà un petit peu plus en confiance.

– Je m'appelle Blake, répétai-je.

– Et moi, c'est Alice, se présenta-t-elle à son tour, un sourire maladroit se dessinant sur ses lèvres.

La méfiance était malgré tout toujours visible sur son visage fin. Étrangement, pour ma part, malgré tout ce que j'avais entendu sur les Hommes, je ne me sentais pas effrayé. J'étais incapable la voir comme une menace.

– Je suis navré de vous avoir fait peur, m'excusai-je, sincère. Laissez-moi vous présenter à nouveau ma compagne, Kadaria Bazori, fis-je en trébuchant légèrement sur le mot « compagne ».

Je vis mon ennemie mimer discrètement un haut-le-cœur, mais ne réagis pas.

– Vivez-vous dans cette forêt ? m'interrogea Alice, comme estomaquée.

– Non, ris-je. D'ordinaire, nous ne descendons pas dans les royaumes Humains.

En mon for intérieur, je ne pus que songer que, même si nous vivions réellement ici, je ne lui aurais rien dit. Si cette humaine ne me paraissait pas être un des monstres sanguinaires décrits par nos anciens, je me méfiais tout de même. Il suffirait qu'un seul autre Homme soit au courant de notre présence pour que nous soyons traqués.

La curiosité remplaça bientôt la crainte dans l'expression de mon interlocutrice.

– Vous n'habitez donc pas sur Terre ?

– Non, nous vivons…

– Mais je t'en prie ! me coupa violemment la Fleur du Chaos. Dévoile-lui tous les secrets de nos peuples tant que tu y es !

Croyait-elle réellement que j'allais parler de Khalitekla ? Me pensait-elle incapable de mentir ?

– Oh pardon, je ne voulais pas me montrer indiscrète, s'empourpra Alice, prise au dépourvu par l'agressivité de Kadaria.

Grâce à elle, sa méfiance première était en train de refaire surface. Mais quelle idiote ! songeai-je amèrement.

– Ce n'est rien, ne vous en faites pas. Ma compagne a tendance à être un peu trop impulsive, lui reprochai-je en faisant des excuses à sa place.

– Et que faites-vous sur Terre ? me demanda Alice, s'apaisant de nouveau. Vous n'êtes pas obligé de me répondre, ajouta-t-elle en croisant le regard bleuté de la Fleur du Chaos.

– Nous avons été contraints de nous tapir ici quelques jours…

Je lui racontai alors notre histoire, omettant ce qu'il me semblait judicieux d'omettre.

– Donc, vous avez décidé de venir vous cacher chez nous, conclut-elle à la fin de mon récit, beaucoup plus à l'aise.

– C'est exact.

Elle me sourit. Je vis à son expression que j'avais réussi à la mettre en confiance. Elle ne nous craignait plus, elle compatissait.

Les Humains étaient des êtres bien étranges…

– Dans ce cas, puis-je vous proposer de séjourner chez moi ?

Son invitation me surprit, me prenant au dépourvu. J'aurais plutôt pensé qu'elle s'enfuirait loin de nous dès qu'elle en aurait l'occasion, ou qu'elle ferait tout pour tenter de nous oublier.

– Nous ne voudrions pas vous déranger, refusai-je poliment.

– Ce ne sera pas le cas, rassurez-vous. Et puis, j'ai une chambre d'amis au grenier, ce sera toujours mieux que la forêt, vous ne trouvez pas ? rit-elle.

Son rire avait quelque chose de nerveux et je crus comprendre la raison de son invitation. Si elle nous aidait, elle s'aidait également. En étant de notre côté, elle se rassurait. On ne fait pas de mal à ceux qui nous aident, n'est-ce pas ?

– Si vous insistez, je ne peux que vous remercier.

Alice me sourit, visiblement ravie que j'accepte son invitation. Toute trace de crainte semblait s'être évaporée de ses yeux.

– Suivez le chemin par lequel je suis arrivée tout à l'heure, j'habite la deuxième maison à droite, à l'orée du bois, nous indiqua-t-elle. Venez frapper à ma porte à la nuit tombée. Sans vouloir vous offenser, je ne suis pas sûre qu'il soit bien prudent que mes voisins vous voient débarquer chez moi.

– Je ne suis pas offensé, vous avez tout à fait raison, la rassurai-je.

Je la remerciai encore une fois et elle nous quitta.

Kadaria vint ensuite me trouver.

– Tu as vraiment l'intention d'aller chez elle ? me

questionna-t-elle, un peu trop brutalement à mon goût.

– Pourquoi pas ? me contentai-je de lui répondre.

– C'est une Humaine ! pesta-t-elle.

– Et alors ?

– Et alors ? Tu oses me demander « et alors » ? Mais tu as vécu dans le même monde que moi, non !? Tu as sûrement entendu des histoires à propos de ce que les Hommes font à ceux qui s'aventurent chez eux ?

– En effet, mais comme tu l'as dit, ce ne sont que des histoires, lui fis-je remarquer. Et je pense que nous lui avons fait trop peur pour qu'elle tente quoi que ce soit contre nous.

– Les histoires contiennent toujours un fond de vérité… Son invitation soudaine ne t'a pas paru louche ?

– Alice est peut-être tout simplement curieuse quant à notre peuple, la contrariai-je. Pourquoi voir le mal partout ? l'interrogeai-je.

– Je ne pense pas qu'on puisse lui faire confiance, voilà !

– Elle m'a pourtant semblé très charmante.

– Ah, les hommes ! Un joli minois et c'en est fini de leur raison, pesta-t-elle.

– Très bien, si tu préfères couler ta nuit ici, à ta guise. Je t'attache comme les autres soirs et je te récupère ici même demain matin. Mais en ce qui me concerne, j'aime mieux passer la nuit dans un vrai lit.

Elle m'insulta copieusement, mais finit par accepter de se rendre avec moi chez Alice.

La nuit tombée, nous étions à l'orée de la forêt, prêts à nous rendre chez notre hôte.

– Tu es bien sûr de toi ? me demanda la guerrière, pour la centième fois au moins.

– Oui, réaffirmai-je.

Nous allâmes à pas de loup frapper à la porte de la maison indiquée plus tôt. Alice nous ouvrit directement.

– Soyez les bienvenus chez moi, dit-elle en nous invitant à entrer dans le vestibule.

Un petit garçon qui ne devait pas avoir plus de trois ans vint vers nous, sous l'œil protecteur de sa mère.

– Je vous présente mon fils, Max. Ne vous inquiétez pas s'il ne vous parle pas, il… il est muet, expliqua-t-elle tristement.

Je me penchai et le saluai. J'avais craint qu'il soit effrayé par moi, par mes ailes ou celles de mon ennemie, mais à ma grande surprise, le petit s'approcha encore plus de nous, l'air ravi.

– Il n'a peur de rien, nous confia sa mère, maintenant souriante.

Je suivis Alice et Max jusqu'au salon et remarquai que Kadaria restait quelque peu en retrait. Si je ne la connaissais pas, j'aurais juré qu'elle était apeurée…

Max, apercevant qu'une personne n'était pas tout à fait dans la pièce, courut pour aller la chercher, les bras tendus vers elle. Immédiatement et très vivement, mon ennemie recula, faisant s'arrêter l'enfant.

– Non ! cria-t-elle. Ne m'approche pas… C'est dangereux, dit-elle ensuite d'une voix plus calme et également plus triste.

Instinctivement, notre hôte se plaça entre la Deskare et son petit.

– Dangereux ? l'interrogea-t-elle.

– Mes ailes… elles sont très tranchantes, lui avoua la Bazori.

Je vis clairement la peur passer dans les yeux de la jeune mère et eus l'impression que cela attristait la Fleur du Chaos. Elle devait pourtant avoir l'habitude de ce genre de regard…

Mais Alice se reprit bien vite.

– Je vais vous montrer votre chambre, sourit-elle, comme si l'incident n'avait jamais eu lieu

Nous la suivîmes dans les escaliers menant aux combles. Ces derniers abritaient la chambre d'amis, qui contenait… un lit double !

– Voilà, j'espère que vous dormirez bien, nous dit gentiment Alice avant de redescendre.

– C'est pas vrai ! entendis-je Kadaria pester, alors que ses yeux étaient rivés sur le lit.

– J'en ai bien peur, si, répondis-je, plus pour la taquiner qu'autre chose.

– Tout ça, c'est de ta faute ! m'accusa-t-elle. C'est toi qui m'as présentée comme étant ta compagne !

Elle avait craché ce dernier mot avec haine. Je ne pus m'empêcher de rire franchement, ce qui ne fit qu'augmenter sa colère et ses insultes. Je me dirigeai ensuite vers le lit et y pris un oreiller que je déposai à terre plus loin dans la pièce.

– Je te laisse le confort, fis-je en désignant le lit de la tête.

– Vraiment ?

Elle semblait… surprise.

– La galanterie, tu connais ? plaisantai-je.

Elle me tira la langue, tout de même souriante.

– Par contre, dis-je moins joyeusement, je vais quand même devoir t'attacher.

– Qui me parlait de galanterie ?

Bizarrement, je ne perçus aucune animosité dans sa voix, juste de la moquerie. Lui entravant une fois de plus le poignet, j'allai me coucher sur le sol. Alors que j'étais sur le point de trouver le sommeil, j'entendis la Deskare pester.

– Qu'y a-t-il ? demandai-je, étouffant un bâillement.

– Le journal de ma mère. Je l'ai jeté et oublié là-bas, dans les bois !

La colère pointait dans sa voix.

Je savais qu'elle regretterait un jour son geste. Me relevant, je lui apportai le précieux livre.

– Heureusement qu'au moins l'un de nous deux garde la tête froide, ne pus-je m'empêcher de l'ennuyer.

Elle me contempla avec une intensité telle que je ne sus déchiffrer son regard. Elle prit le carnet et, d'une voix faible, me dit :

– Merci.

À peine eut-elle prononcé ce petit mot qu'elle se retourna, fuyant mon regard.

– Il n'y a pas de quoi, répondis-je, souriant.

Je me réveillai avant l'aube, tous mes sens en alerte. Pourtant, la maison était calme et silencieuse. Ne parvenant pas à me rendormir, je descendis les escaliers et remarquai que notre hôte ne dormait pas non plus. Déjà, elle s'affairait dans la cuisine.

– Bonjour, me salua-t-elle en m'apercevant.

– Bonjour, la saluai-je également. Je peux vous

aider ?

– Non merci, c'est gentil. Vous n'arrivez plus à dormir ? me demanda-t-elle poliment.

– On dirait. Et vous ?

– Max m'a réveillée très tôt, il a des terreurs nocturnes.

– Je suis désolé pour vous… lui avouai-je.

– Ce n'est rien, j'ai l'habitude.

– Il n'a pas de père ? l'interrogeai-je. Pardonnez mon indiscrétion, ajoutai-je lorsque je me rendis compte de mes paroles.

– On est curieux ou on ne l'est pas, sourit-elle. Il… son père je veux dire, se reprit-elle. Il est parti quand il a su que j'étais enceinte. Max ne l'a jamais connu et ne le connaîtra probablement jamais. Il n'a répondu à aucun de mes coups de téléphone.

Je ne savais pas ce qu'était un coup de téléphone, mais je m'abstins de le lui faire remarquer. Elle avait l'air bien trop chagrinée pour l'ennuyer avec mon ignorance sur ce monde.

– Ça me rend triste pour vous, confiai-je.

– Ne le soyez pas, je me débrouille bien mieux seule !

Je souris, admirant sa force. Alice allait reprendre la parole lorsque la voix de Kadaria l'en empêcha.

– Blake ! hurla-t-elle depuis le grenier.

Oups, j'avais oublié qu'elle y était encore attachée…

– Excusez-moi, fis-je à l'intention d'Alice avant de me précipiter vers la chambre d'amis.

– Mais où étais-tu !? m'attaqua la Deskare dès que j'eus mis un pied dans la pièce.

– Désolé, me contentai-je de lui répondre tout en la

détachant.

– J'ai cru que… commença-t-elle.

– Que ?

– Non, rien.

– Que je t'avais abandonnée ici ? compris-je.

Elle ne répondit pas et je sus que c'était bien ce qu'elle avait pensé.

– Il faut partir, dit-elle ensuite. Il le faut avant que le jour ne se lève. Il est temps de retourner chez nous.

Elle avait raison. Nous descendîmes prendre un petit-déjeuner en compagnie d'Alice. Puis, la remerciant une énième fois, nous prîmes congé d'elle et volâmes d'une traite jusqu'au royaume. Ce n'était pas très malin… Nous arrivâmes épuisés !

– On aurait dû faire… des pauses, déclarai-je inutilement.

– Sans… blague ! s'exclama Kadaria, essoufflée également.

Sans aucune grâce, je me laissai tomber lourdement sur le sol, cherchant à reprendre mon souffle. J'entendis plus que je ne vis la dernière des Bazori en faire de même.

– Bon… C'est quoi la suite du plan ? m'interrogea-t-elle après quelques minutes de silence.

– On va au palais, je m'assure que Mère et Arsinoé vont bien et, quelle que soit la réponse, on part traquer Ehuel !

– Arsinoé ? Qui est-ce ?

– Ma sœur.

– Tu as une sœur !? fit-elle, surprise et choquée à la fois.

– Bien sûr. Tu l'ignorais ?

– Je croyais que tu ne vivais au château qu'avec la Reine et le Roi.

– Mon père est mort, dis-je douloureusement, tué par Ehuel !

Je vis l'incompréhension et l'étonnement se peindre sur son visage.

– Mais… c'est impossible ! s'exclama-t-elle.

– Et pourquoi donc ? rétorquai-je, plus froidement que je ne l'aurais voulu.

Je n'aimais guère parler de ce qui était arrivé à Père…

– Ehuel ne s'en prend pas aux Okars, affirma la Fleur du Chaos. Pourquoi s'en serait-il pris aux tiens ?

– Parce que mon père n'était pas un Okar. C'était un plume-noire.

– Comment ?

– Tu m'as entendu, non !?

Ses questions commençaient sérieusement à m'agacer.

– On m'a toujours dit que la famille royale n'était composée que de plumes-blanches…

– Eh bien, c'est faux, l'agressai-je.

Puis, m'adoucissant un peu, j'ajoutai :

– Regarde, même si j'ai hérité de la couleur de plumes de ma mère, je suis bien un sang-mêlé.

Ce disant, je dépliai mes ailes et lui montrai l'unique plume noire qu'elles comportaient. Kadaria la contempla, ébahie.

– Alors sur ça aussi, on m'a menti, murmura-t-elle d'une voix fort triste.

– Que veux-tu dire ? la questionnai-je, surpris.

144

– Je n'ai pas envie d'en parler, me dit-elle en haussant le ton.

– Très bien, comme tu veux…

Je la sentais à cran et suspectais que ce soit à cause du carnet de sa mère. Je me souvins qu'enfant, j'entendais souvent Azilis tenter de parler d'une Deskare à Mère, mais celle-ci n'avait jamais rien voulu savoir. Peut-être qu'il fallait voir là un quelconque lien ?

– Kadaria ? l'appelai-je soudainement, plus que curieux. J'aimerais savoir ce que contient le livre que t'a remis Azilis, si tu le permets.

– Il contient plein de choses, me répondit-elle. Des choses qui ne te concernent absolument pas !

– Je suis curieux, c'est tout. Ce n'est pas la peine de crier.

– On ne vous apprend pas que la curiosité est un vilain défaut, au palais ?

Je n'arrivais pas à savoir si elle était moqueuse ou en colère. J'espérai que ce soit la première solution et rétorquai :

– Si, mais ça ne m'a jamais empêché de l'être.

Soupirant, elle leva les yeux au ciel.

– Quand nous remettons-nous en route et dans combien de temps penses-tu que nous arriverons au palais ? me demanda-t-elle pour changer de sujet.

– Je crois qu'il est plus prudent de partir une fois bien reposés. À pied, j'estime qu'il nous faudra bien un jour de marche.

Nous avions convenu plus tôt qu'il était plus sage de marcher que de voler, afin qu'on nous repère moins aisément.

– Nous avons tout intérêt à dormir alors, me fit-elle remarquer.

– En effet, mais il ne fait pas nuit.

– Pourquoi ne marcherions-nous pas de nuit ? On aura encore plus de chance de ne pas se faire apercevoir.

C'était une sage décision, j'étais bien forcé de le reconnaître. Ainsi, je la réattachai une fois de plus et tentai de trouver le sommeil. Je dus m'endormir rapidement et, lorsque je me réveillai, il faisait sombre.

Mon ennemie était déjà éveillée. Le journal de sa mère posé sur ses genoux, elle le regardait, troublée.

– Tout va bien ? lui demandai-je même si je me doutais que ce n'était pas le cas.

Elle releva vivement la tête et, à ses yeux rougis, je compris qu'elle avait pleuré.

– Pourquoi cette question ?

– Tu sembles... préoccupée, confiai-je, même si je trouvais le mot que je venais d'employer bien faible.

– Non, me répondit-elle sèchement, je ne suis pas préoccupée. Tout va pour le mieux, Petit Prince.

J'aurais donné n'importe quoi pour connaître le contenu de sa lecture, mais je ne dis plus rien. Elle avait après tout plus d'une raison d'aller mal. Elle était prisonnière depuis peu, avait découvert la vérité sur Azilis alors qu'elle la croyait morte, et vu tout son clan décimé par le déchu. Mieux valait la laisser tranquille.

Nous nous mîmes ensuite en route et, par chance ou par hasard, nous ne rencontrâmes pas d'embûches.

Enfin, au bout de deux bonnes nuits de marche, nous arrivâmes à proximité du palais. Même si j'avais peur de ce que j'allais y découvrir, j'éprouvais une certaine impatience à rentrer chez moi. Dans mon empressement, j'en vins à oublier ma prudence et m'avançai dans les jardins royaux à découvert. Ce fut Kadaria qui m'avertit du danger.

– Attention ! hurla-t-elle.

Alerté par son cri, je relevai la tête à temps pour voir la créature d'Ehuel me foncer dessus comme un boulet de canon.

Sans perdre une seconde, je créai un bouclier de flammes pour me protéger. Stupéfait, je le vis passer au travers sans la moindre difficulté. Je sortis trop tard de ma torpeur, la chose eut le temps de me blesser au flanc ! Heureusement, ce n'était qu'une blessure superficielle.

Invoquant sa lance-double, la Fleur du Chaos rejoignit la bataille. À son instar, je fis apparaître mon arme et, combattant pour une fois ensemble et pas l'un contre l'autre, nous tentâmes de repousser la hideuse créature.

Nous n'en menions pas large. Elle ne semblait craindre ni nos armes ni mes flammes. De plus, je ne parvenais pas à me concentrer entièrement sur le combat. Si cette chose était ici, ça voulait dire qu'il était forcément arrivé quelque chose aux miens. Il fallait que je pénètre dans le château au plus vite !

Dans un moment d'inattention, je ne vis pas le monstre me bondir dessus et, sans Kadaria, je serais probablement mort à l'heure qu'il est...

Je ne sais guère comment, elle anticipa le geste de la chose et, d'un battement d'ailes, elle fut à mes côtés. Elle m'agrippa durement le poignet et d'un coup sec, m'attira contre elle. Elle replia ses ailes sur nous à temps pour que la créature ne puisse plus rien faire d'autre que de se heurter contre une carapace. Une protection que je savais infranchissable.

Je sentais – tout comme Kadaria très certainement – le moindre choc donné sur ses ailes sans que cela ne nous atteigne pour autant. Enfin, après d'interminables minutes, la création du déchu sembla comprendre que nous étions désormais hors de sa portée, car elle stoppa toutes attaques. Par prudence et par méfiance, mon ennemie ne déplia pas ses ailes et nous attendîmes silencieusement. Trop silencieusement.

Ce fut seulement à ce moment-là que je pris réellement conscience de la proximité de nos corps. Nos bustes se frôlaient et je pouvais aisément sentir son souffle, chaud, sur ma joue. Je déglutis, mal à l'aise, et priai de toutes mes forces pour qu'elle ne remarque rien.

Finalement, avec lenteur – et sans doute avec une certaine appréhension –, elle déplia ses ailes. Non sans soulagement, nous constatâmes que la créature n'était plus là. Elle avait dû se lasser de ce « jeu ».

– Tout va bien ? me demanda-t-elle.

J'eus l'impression qu'elle se posait également la question à elle-même.

– Oui, je pense, lui répondis-je. Et toi ?

– Je crois.

Nous restâmes silencieux quelques secondes, craignant le retour de l'abomination.

– Kadaria, l'interpellai-je, brisant le silence.

Elle ne me répondit que distraitement.

– Merci, lui dis-je, sincère.

Elle écarquilla les yeux et, pendant une fraction de seconde, j'eus le sentiment qu'elle réalisait seulement qu'elle venait de me sauver la vie.

– Je... je ne sais pas ce qu'il m'a pris, m'avoua-t-elle soudainement.

Je ne pus m'empêcher de rire franchement.

– Je ne vois pas ce qu'il y a de si drôle ! s'énerva-t-elle.

– Prince ? nous coupa tout à coup une voix.

Je me retournai. Un garde ! Rapidement, je fus à ses côtés.

– Que s'est-il passé ici ? l'interrogeai-je.

Il ne me répondit pas, son regard s'attardant sur la Fleur du Chaos.

– Elle est avec moi, fis-je pour toute explication quant à sa présence dans les jardins royaux. Réponds à ma question.

Je n'aimais pas particulièrement donner des ordres, mais je devais savoir !

– Suivez-moi, je vais tout vous dire.

En silence, Kadaria et moi obtempérâmes. Le garde nous entraîna à l'écart, à l'abri de tous regards.

– Ehuel a pris le contrôle du royaume, m'annonça-t-il d'un ton grave.

– Comment !? m'affolai-je.

– Il a débarqué avec sa... chose, raconta-t-il en tremblant. Il a dévisagé la Reine droit dans les yeux, le regard plein de défis. D'une voix puissante, il lui a déclaré que… que l'heure de son abdication était arrivée. Il a dit quelque chose comme… « une reine qui ne sait supprimer la menace des Deskars dans son royaume ne mérite pas d'être reine ». Évidemment, votre mère n'a rien voulu céder.

– Et ensuite ? le pressai-je, inquiet.

– Le déchu l'a… endormie, je pense et l'a fait disparaître sous nos yeux.

L'horreur dut se dessiner sur mes traits, car il s'empressa d'ajouter quelques mots :

– Nous sommes nombreux à la croire vivante, retenue prisonnière quelque part.

– Comment pouvez-vous en être sûrs ? soufflai-je.

– Il veut vous attraper, Mon Prince et, sans vouloir me montrer trop direct, notre Reine est un otage de prédilection.

– Je vois, pestai-je, sentant une rage féroce m'envahir. Et après ?

– Ehuel s'est proclamé souverain de Khalitekla – bien que depuis, il ne reste jamais plus de quelques heures au château – et nous a demandé à tous de faire un choix.

– Quel choix ? le questionnai-je, alarmé.

– Le servir… ou mourir dans d'atroces souffrances…

Après un court instant de silence, il reprit :

– Tous ceux qui lui ont résisté sont morts, tués par sa chose.

À l'instar du garde, je laissai l'horreur et la rancœur se peindre sur mon visage. Et tant pis si c'était devant mon ennemie. Cette dernière, juste à côté de moi, semblait par ailleurs mal à l'aise.

– Arsinoé, parvins-je à articuler, comme une question

muette.

– Enfuie, Sire, me répondit le soldat.

– Comment ? fis-je, reprenant un peu espoir.

– Avec une Deskare d'un certain âge, c'est tout ce que je sais.

– Azilis, soupirai-je de soulagement.

Au moins, ma sœur était en sécurité.

– Merci, dis-je au garde. Je pense que je vais avoir besoin de vous.

– Tout ce que vous voudrez, Mon Prince, acquiesça-t-il.

– Vous et tous les soldats qui nous sont encore fidèles, veillez sur le palais et ceux qui se trouvent sous la coupe de ce monstre. Je reviendrai bientôt, avec Mère si possible, pour reprendre le royaume.

L'homme s'inclina et je me mis en route, suivi par Kadaria.

– Où va-t-on, s'enquit-elle ?

– Faire la peau à ce déchu.

Blake Dasaraël

Arsinoé

Je m'appelle Arsinoé, bien qu'aujourd'hui, je sois plus connue sous le nom de « Princesse double ». Je suis la cadette de la Reine Kida et de son défunt époux, Félix Dasaraël.

Je suis également la sœur de Blake, celui qui jadis fut le Prince héritier de notre royaume. C'est sous son insistance que je prends maintenant la plume afin de prendre part, moi aussi, à la rédaction de ce récit.

Je me souviens de ce jour comme si c'était hier…

Allongée dans ma chambre – pour ne pas trop changer –, je lisais afin de chasser mes pensées sombres. En effet, je n'arrivais pas à me déculpabiliser au sujet des ennuis que je causais à Mère. Je la savais épuisée à cause des temps durs qui planaient sur le pays et je m'en voulais dès que je la voyais en plus s'inquiéter pour moi, pour cette maladie inconnue qui me rongeait.

Même si, aujourd'hui, je sais que je n'étais en rien

coupable, je m'en voulais aussi vis-à-vis de mon frère aîné, Blake.

Afin d'aider Mère, il portait sur ses épaules nombre de fardeaux du royaume, combattait avec nos soldats, agissait comme porte-parole de la Reine et j'en passe et des meilleures. Mais, malgré tout ça, malgré tout ce qu'il faisait, et malgré toutes les inquiétudes qui ne devaient pas manquer de le ronger jours et nuits, il prenait toujours du temps pour moi, sa petite sœur.

Il venait me voir, m'apportait les nouvelles que les autres préféraient que j'ignore et faisait tout pour que je puisse me distraire un peu, pour me faire oublier cette chambre où je passais tout mon temps. Je ne pouvais que culpabiliser devant ses attentions. J'avais l'impression d'être un fardeau de plus pour lui. Un fardeau bien vivant.

Mais une fois que je me laissais prendre dans un livre, mes pensées noires s'évaporaient. Seule l'histoire lue occupait mon esprit et j'adorais cette façon de m'évader.

Cependant, ce jour-là, ma lecture ne dura pas bien longtemps…

J'avais à peine entamé le troisième chapitre de mon roman quand l'agitation générale attira mon attention. J'y percevais des bruits sourds et pas mal de cris. Des cris d'effroi qui m'inquiétèrent au plus haut point !

Tout ce remue-ménage semblait provenir des étages inférieurs.

Avec difficulté – ma maladie ne m'accordait pas de journée de répit –, je me levai et titubai jusqu'à ma porte. Je n'osai l'ouvrir, trop apeurée. La dernière fois que j'avais entendu pareils cris, c'était un peu avant de me faire attaquer par Ehuel…

Collant mon oreille contre la porte, j'essayai de discerner quelque chose qui aurait pu m'aider à comprendre ce qui se passait. Hélas, aucune parole ne s'échappait de ce tintamarre. Je n'y percevais que des hurlements. Des sons qui me glaçaient le sang ! Je craignais de plus en plus une invasion. Soit du déchu, soit des Bazori. Blake n'étant toujours pas revenu de sa mission – mission dont Mère n'avait rien voulu me confier malgré mon insistance –, j'avais toutes les raisons de prendre peur.

Trouvant au fond de mon être une parcelle de courage dont je ne suspectais pas même l'existence, j'ouvris lentement la porte et passai ma tête dans le couloir.

– Imprudente ! Rentre immédiatement ! m'ordonna Azilis en arrivant droit sur moi.

Je ne l'avais pas vue avant de l'entendre, aussi eus-je une belle frayeur. Dès qu'elle fut à ma hauteur, elle me poussa dans ma chambre, y entra à son tour et referma la porte derrière nous.

– Tu n'es qu'une imprudente ! me répéta la Deskare.

– Que se passe-t-il en bas ? lui demandai-je tout de suite.

– Ehuel, dit-elle gravement. Il envahit le château et compte bien prendre le contrôle du royaume.

C'était quelque chose que j'aimais beaucoup chez Azilis. Bien qu'elle n'était pas de retour depuis très longtemps au château, elle était franche et n'essayait jamais de ménager qui que ce soit inutilement. Moi y comprise, bien que nous n'ayons été présentées que très récemment. Je n'avais encore rien répondu qu'elle poursuivait déjà :

– Il détient votre mère en son pouvoir. Il faut partir.

– Quoi !? m'exclamai-je.

Je crois pouvoir dire que j'étais sous le choc. Mère s'était fait capturer ? Impossible ! Pas elle... Je ne voulais pas que ce qui était arrivé à Père se reproduise. Je ne voulais pas perdre un autre membre de ma famille.

– Il faut partir, me répéta la Deskare.

– Mais... Mère, protestai-je.

– Dans l'immédiat, nous ne pouvons rien pour elle, je le crains... Viens.

Elle m'agrippa par le bras pour m'entraîner à sa suite mais je me dégageai.

– On ne peut pas l'abandonner, insistai-je.

Azilis me regarda droit dans les yeux et, posant ses mains sur mes épaules, se mit à ma hauteur.

– Ma chérie, commença-t-elle d'une voix pleine de tendresse, je sais que c'est très dur pour toi, mais nous devons nous en aller. Il le faut.

– Mais... tentai-je une fois de plus de protester.

– Je sais, me coupa-t-elle, c'est ta famille et en partant, tu as l'impression de l'abandonner.

C'était exactement ce que je ressentais...

– Si nous ne nous en allons pas, continua-t-elle, Ehuel nous capturera nous aussi. Et si jamais c'est le cas, nous aurons très peu de chance de survivre puisque nous sommes...

– Des plumes-noires, terminai-je pour elle.

– C'est ça, confirma-t-elle. L'unique moyen d'aider ta mère, c'est de partir chercher de l'aide. Blake est là quelque part, dehors. Tout n'est pas encore perdu, mais pour l'heure il nous faut quitter le château. Tu comprends ?

Elle avait raison, c'était la seule solution.

– Oui, je comprends. Tu as raison, acquiesçai-je, essayant de masquer mon chagrin.

Il était cependant inutile d'espérer duper Azilis.

– Je sais que tu es triste, c'est normal, me rassura-t-elle d'une voix très douce.

– Comment allons-nous partir d'ici ? l'interrogeai-je, ne souhaitant pas faire étalage de mes sentiments.

La plume-noire me fit un clin d'œil – qui me laissait très bien imaginer comment elle avait pu être dans sa jeunesse – et se dirigea vers un pan de mur de ma chambre. Je ne vis pas exactement ce qu'elle fabriqua, mais lorsqu'elle s'écarta, une ouverture se trouvait là où aurait dû se trouver mon mur. Une ouverture qui donnait sur un couloir étroit et sombre.

– Tu ne crois tout de même pas que ta mère t'a donné cette chambre par hasard ? fut tout ce qu'Azilis me fournit comme explication.

Je la suivis dans le passage, prenant sur moi pour ne pas laisser mes jambes céder sous mon poids. Ce n'était pas le moment d'être faible.

– Où mène ce tunnel ? demandai-je au bout d'un moment, autant par curiosité que par désir de briser le silence qui s'était installé.

– Dans la forêt des Brumes.

– La forêt des Brumes !? m'écriai-je, horrifiée. Mais c'est un endroit maudit !

– Personne n'a jamais pu le confirmer, argumenta-t-elle.

– Parce que personne n'en est jamais revenu !

– Ne crie pas si fort, veux-tu ? me pria-t-elle. Nous sommes toujours dans l'enceinte du palais.

Baissant le ton, je poursuivis :

– Nous ne pouvons pas y aller.

– Nous n'avons pas d'autre choix, objecta-t-elle. Il doit bien y avoir une bonne raison à l'existence de ce tunnel.

– Je n'en suis pas si certaine... fis-je d'une voix faible.

– En tout cas, jeune fille, je suis sûre d'une chose : nous allons prendre ce passage, traverser la forêt qu'elle soit maudite ou non et trouver ton frère. Il faut impérativement mettre un terme aux agissements d'Ehuel !

Petite, lorsque Mère me parlait de l'espionne, elle me la dépeignait comme étant une guerrière sage. J'avais toujours eu du mal avec cette appellation. Comment pouvait-on être une guerrière et une sage à la fois ? Mais aujourd'hui, je comprenais enfin. Plus que jamais.

D'une petite voix – si légère qu'elle en était presque imperceptible –, je lui donnai mon accord et me tus. La perspective de me rendre dans la forêt des Brumes ne m'enchantait toujours pas, mais je m'en remettais à Azilis. Je lui accordais mon entière confiance, chose que je n'offrais guère qu'à Mère et Blake habituellement.

Silencieusement, nous continuâmes notre progression dans le long tunnel. Il y faisait noir et, privée de ma vue, je devais me fier à mes autres sens. À deux reprises, je manquai tomber.

Plus nous avancions et plus j'avais l'impression que

l'air se faisait plus froid. Mais peut-être n'était-ce qu'une illusion provoquée par la peur que je ressentais…

Bientôt, je grelottai et, je ne sus comment – je pensais être discrète –, Azilis le remarqua.

– Il fait froid, je sais, me dit-elle. Nous avons parcouru la moitié du sous-terrain. Nous verrons rapidement la lumière de jour, ne t'en fais pas, me confia-t-elle en souriant, sûre d'elle.

Pour ma part, je n'étais pas persuadée que les doux rayons du soleil pénètrent la forêt des Brumes… Peut-être avais-je écouté trop de légendes sordides sur cet endroit. En tout cas, je savais une chose : ce lieu m'inspirait une crainte effroyable.

– Azilis ? l'interpellai-je.

– Oui ?

– Que sais-tu sur la forêt ?

– Ce qu'on raconte d'elle. Qu'elle est hantée et qu'il faudrait être fou pour s'y aventurer. Mais je pense que ce ne sont là que des superstitions, créées à cause de l'étrangeté du lieu. Toute cette brume a de quoi engendrer les rumeurs, m'expliqua-t-elle.

– Et pour ceux qui n'en sont jamais revenus ? l'interrogeai-je.

– Dis-moi, depuis combien de temps plus personne n'ose s'y aventurer ?

Je ne savais pas exactement le nombre d'années, juste que ça devait être depuis l'apparition de la brume et les premières disparitions.

– Depuis longtemps, me contentai-je de répondre.

– Exact. Ne crois-tu pas que ces personnes jamais revenues ne sont que des légendes pour effrayer les enfants ?

– C'est possible, c'est vrai, concédai-je.

Y réfléchissant, je continuai à avancer. Je me sentais mal, de plus en plus faible, mais je n'osais l'avouer à Azilis. J'étais la Princesse de Khalitekla et j'entendais bien me comporter comme telle. Il ne sera pas dit que je me serais contentée de regarder le royaume sombrer sous le règne d'Ehuel sans tenter de me battre !

Toutefois, au bout d'un moment, cette marche souterraine eut raison de mes forces. Je sentis mes jambes céder sous moi et m'écroulai.

– Arsinoé ? m'interpella la Deskare d'une voix anxieuse.

Comme presque chaque jour, je maudis ma faiblesse.

– Tout va bien, mentis-je. J'ai bêtement trébuché.

– Je connais des bouffons qui savent mieux mentir, me reprocha-t-elle. La Reine m'a parlé de ta maladie, me dit-elle plus doucement. Que puis-je faire pour toi ?

– Rien hélas, soupirai-je. Pour ça, il faudrait déjà savoir la nature exacte du mal qui me ronge.

– Tu peux marcher ? me questionna-t-elle tristement.

– Non… répondis-je piteusement, honteuse de mon état.

– Ça ne fait rien, me rassura-t-elle. Je vais t'aider.

– Non ! m'exclamai-je.

Que Blake me soutienne était une chose, me faire aider par une plume-noire d'une cinquantaine d'années en était une autre.

– Je… Ne le prends pas mal, ajoutai-je, mais tu es âgée et je ne peux te demander de…

– Ah ! me coupa-t-elle. Je suis peut-être vieille mais

j'en ai connu d'autres, crois-moi, me certifia-t-elle.

Je ne savais comment lui faire comprendre que je ne voulais pas – une fois de plus – être un fardeau. Cependant, je n'eus besoin de rien dire. Azilis devina mon trouble.

– Écoute, me pria-t-elle amicalement. Tu es malade, Arsinoé et tu n'y peux rien. Il n'y a aucune honte à cela. Tu n'as pas demandé à être ainsi et tu n'es pas responsable de ton mal. Tu veux te montrer forte, je le vois bien, mais tu sembles oublier une chose : tu es déjà forte, même si tu ne t'en rends pas compte. Et j'ajouterai, pour ta gouverne, conclut-elle, que ce n'est pas le fait de demander de l'aide qui fait de toi une personne faible ou incapable de veiller sur le royaume.

Je ne sus que répondre à sa tirade. J'étais véritablement émue parce qu'elle venait de me dire et ne savais comment lui montrer, comment la remercier.

– Il faut sortir d'ici au plus vite afin d'aider Khalitekla, reprit-elle. Alors, laisse-moi te porter. Il n'y a aucun mal à ça.

J'acquiesçai et Azilis me souleva du sol avec une force et une agilité étonnante pour son âge.

Nous continuâmes notre marche – ou plutôt, elle continua notre marche – et il me sembla devoir encore attendre des heures avant d'apercevoir un fin rayon de lumière : nous arrivions dans la forêt des Brumes...

À peine quelques instants plus tard, nous nous retrouvâmes au grand air, hors du tunnel.

– Bienvenue dans la forêt des Brumes, lança gaiement Azilis, dans le seul but de m'apaiser.

J'étais tellement nerveuse qu'elle devait sentir mon

anxiété la traverser de plein fouet !

– Alors… Où allons-nous ? lui demandai-je.

– Pour le moment, nulle part.

– Pourquoi ?

Je m'étonnai de sa réponse.

– Tout simplement parce que tu as besoin de reprendre des forces… et moi aussi. Il nous faut nous reposer un minimum. Je préfère que nous ne nous enfoncions pas trop dans la forêt pour ça.

J'acquiesçai et la plume-noire sortit un encas de son sac – sac que je n'avais même pas remarqué auparavant. Alors que nous mangions, je fus prise de l'envie de lui poser des questions.

– Azilis ?

– Oui ?

– Comment c'était, ta vie en tant qu'espionne ?

– Que veux-tu savoir exactement ? me demanda-t-elle doucement.

J'étais heureuse de voir qu'elle ne voyait pas d'objections à répondre à mes interrogations. J'étais plutôt habituée à être tenue dans l'ignorance « pour ma sécurité ».

– Tout, lui certifiai-je.

La Deskare me relata dès lors sa vie.

À dix-neuf ans, elle avait fait le choix d'entrer chez les Bazori pour servir son roi, Millos, qui l'avait sauvée de la pauvreté en lui donnant une chambre au palais. Son rôle était simple : tout ce qu'elle apprenait là-bas, elle le transmettait à la cité.

Elle devint amie avec la fille de Belogor, le chef du clan. Elle se prénommait Kira et ne voulait pour rien au monde devenir une guerrière. Elle n'eut hélas jamais le temps de la sauver de là et de la ramener au château. L'infâme Belogor envahit le palais et tua le Roi ! Azilis n'avait pas été informée de cette soudaine attaque, mais lorsqu'elle voulut le dire à la Reine Mélodie, cette dernière la congédia, trop accablée par le chagrin pour l'écouter. La plume-noire s'en alla et vécut seule et triste pendant une longue année au manoir Bazori.

Un jour, elle décida de tenter sa chance et revint au château. La Reine Mélodie étant en mauvaise santé, ce fut sa fille Kida, ma mère, et son époux Félix qui l'accueillirent. Elle avait craint leur réaction, mais à sa plus grande surprise, ils l'implorèrent de les pardonner. Ce qu'elle fit.

Elle redevint espionne au service de son royaume. Pendant plus de cinq ans, elle remplit son rôle, heureuse et revenant souvent séjourner au palais.

Mais Vastoch, le chef actuel du clan, découvrit la vérité. Pour la punir, il l'enferma dans les cachots, la privant de tout contact, et l'y laissa croupir, ne lui donnant que le minimum nécessaire à sa survie.

Il lui fallut attendre bien des années pour se voir délivrée par mon frère alors que le manoir Bazori avait sombré, le clan vaincu par Ehuel…

Son récit me toucha. J'étais triste pour elle, sincèrement. Sa vie n'avait pas été de tout repos, tant s'en faut.

Pourtant, elle me certifia avec un grand sourire qu'elle ne regrettait rien, qu'elle referait exactement les mêmes choix. Elle avait eu une vie trépidante que beaucoup d'autres ne connaîtraient jamais et elle aimait ça. Je lui souris et nous nous installâmes pour dormir, la nuit commençant à tomber. Elle m'assura qu'elle veillait et, épuisée, je ne tardai pas à m'endormir.

Je fus réveillée au cœur de la nuit par un long hurlement. Un hurlement plaintif et déchirant.

– Qu'est-ce que c'est ? demandai-je précipitamment à Azilis, inquiète.

La Deskare était déjà sur ses gardes, son arme – une hache – à la main.

– Je n'en sais rien. Et ce n'est pas le premier.

Je frissonnai.

– J'ai l'impression… se coupa-t-elle.

– L'impression ? l'encourageai-je à poursuivre.

– Que ça vient de la brume elle-même.

À nouveau, je frissonnai. J'avais toujours voulu être courageuse, mais je crains que la bravoure n'ait jamais été ma plus grande qualité.

– C'est possible ? l'interrogeai-je.

– J'ai pour habitude de partir du principe que rien n'est impossible. Mieux vaut être préparée à toute éventualité.

Encore une fois, elle avait raison.

Autour de nous, d'autres cris retentirent et j'eus l'impression que toute la détresse du royaume se répercutait en eux.

– Ça va ? me questionna Azilis.

– Oui, mentis-je.

– Viens, me dit-elle en faisant en geste en ma direction. Autant nous mettre en route. Il est impossible de s'endormir au milieu de tous ces hurlements.

Avec crainte, je la suivis pendant qu'elle s'enfonçait au cœur de la forêt des Brumes. Par moment, le brouillard se faisait plus dense et les cris en étaient doublés. Azilis avait sans doute raison en affirmant qu'ils venaient de la brume.

J'avais du mal à la voir dans toute cette purée de pois, alors qu'elle n'était jamais qu'à deux pas de moi. À plusieurs reprises, je sursautai, persuadée d'avoir entraperçu une silhouette à mes côtés. La Deskare tenta de me rassurer du mieux qu'elle put. Elle me dit que le brouillard, lorsque la peur s'emparait de nous, était propice aux hallucinations, que rien n'était réel. Il ne fallait pas que j'aie peur.

Cependant, je voyais bien qu'elle était sur ses gardes. Elle aussi avait aperçu ces étranges formes dans la brume. Et elle s'en méfiait. Elle ne cherchait qu'à me rassurer et, bien qu'elle le faisait avec de nobles intentions, savoir qu'elle avait peur me terrifiait. Avions-nous bien fait de venir en ce lieu ? J'en doutais de plus en plus.

En silence – silence gâché par ces horribles cris –, nous continuâmes notre chemin lorsque j'entendis un drôle de bruit, suivi d'un juron de la plume-noire.

– Azilis ? l'interrogeai-je, quelque peu inquiète.

– N'avance plus.

– Pourquoi ?

– C'est un lac devant nous, pesta-t-elle.

– Un lac ? m'étonnai-je.

– Oui, me confirma-t-elle. Avec cette satanée brume, on n'y voit rien et j'ai foncé droit dedans !

Ça expliquait le bruit et le juron…

– Que fait-on alors ? demandai-je ensuite.

J'avais l'impression de passer mon temps à poser cette question.

– Rien.

– Mais, on ne va quand même pas rester immobiles, protestai-je.

Ne pas bouger, me retrouver coincée au milieu du brouillard me donnait la chair de poule.

– Ce serait imprudent d'avancer en aveugle, argumenta Azilis.

Certes, une fois encore, elle n'avait pas tort.

– Avec un peu de chance, poursuivit-elle, la brume va se dissiper.

Pour ma part, je n'y croyais pas trop.

Prudemment, je m'assis à même le sol. Malgré moi, j'étais heureuse de pouvoir enfin me reposer un peu. Cette seconde marche avait mis mon corps à rude épreuve.

Enlevant ses bottes gorgées d'eau, Azilis finit par s'asseoir à son tour et nous patientâmes.

Soudain, je crus l'entendre me dire quelque chose à voix basse.

– Pardon ? lui demandai-je, n'ayant pas compris.

– Je n'ai rien dit, me certifia-t-elle.

– Tu es sûre ?

J'étais certaine qu'elle m'avait dit quelque chose.

– Puisque je te le dis.

Elle semblait hésiter entre le rire et l'inquiétude. Ne voulant pas l'effrayer avec ma conviction d'avoir entendu une voix, je me tus.

– Arsinoé, ouïs-je soudain au loin.

– Et là, tu as entendu ? demandai-je vivement à la Deskare.

– Entendu quoi ? s'affola-t-elle.

– Mais cette voix, à l'instant ! Elle m'appelait, expliquai-je, me demandant si je n'étais pas en train de devenir folle.

Tout à coup méfiante, Azilis se leva.

– Ne bouge pas d'ici, m'intima-t-elle avant de se mettre en marche.

– Où vas-tu ? m'enquis-je.

– Essayer de voir ce qui nous joue ce tour.

Je n'eus guère le temps de la retenir. D'un bond, elle fut hors de ma vue, dissimulée par cette – ô combien maudite – brume. Je me retrouvai seule ! J'avais peur, je l'avoue sans honte.

– Arsinoé, ouïs-je à nouveau.

Si j'avais pu disparaître, je pense que je l'aurais fait.

– Arsinoé, répéta-t-on derechef.

La voix semblait provenir du lac, remarquai-je avec étonnement.

– Arsinoé.

Une fois encore, on m'appelait.

– Qui êtes-vous ? me décidai-je à demander, apeurée.

– Je me nomme Swanhilde Renkes, me répondit la même voix, mais bien des gens m'ont appelée la Brumeuse depuis que je suis ici.

Swanhilde ? La Brumeuse ? Ces noms ne m'évoquaient rien du tout…

– Que me voulez-vous ? la questionnai-je à nouveau, regardant partout autour de moi.

– Viens, me pria-t-elle.

Je ne sais comment, je compris qu'elle voulait que je m'avance dans le lac.

Je refusai. Je n'avais pas confiance en elle.

– Viens, se contenta-t-elle de me répéter.

– Non ! m'écriai-je.

– Viens…

Dans un geste quelque peu immature, je me bouchai les oreilles. Je ne voulais plus l'entendre ! Malheureusement pour moi, la Brumeuse continua de prononcer son incessant « viens » à l'intérieur même de mon esprit, telle une litanie.

– Laissez-moi tranquille ! l'implorai-je.

– Viens, poursuivit-elle.

– Azilis ! criai-je. Azilis, reviens, je t'en prie ! hurlai-je de plus belle.

Nulle voix ne me répondit. La Deskare semblait tout bonnement avoir disparu ! Qu'allais-je faire ?

– Viens…

Je ne voulais pas entendre ce « viens » lancinant une fois de plus. Alors, je me décidai à obéir à la Brumeuse. Je ne voyais que ça pour la faire taire…

Me levant lentement – presque trop lentement –, j'entrai dans le lac. L'eau était glacée et me donnait l'impression d'être un fouet lacérant mes jambes !

– Approche, me dit Swanhilde.

J'avançai, grelottante. Je manquais de crier dès qu'une algue s'accrochait à mes pieds tellement j'étais apeurée. La brume était si épaisse que je ne voyais absolument rien.

– Continue, me dit la voix.

Elle était proche. Toute proche… Beaucoup trop

proche ! ne pus-je m'empêcher de penser. La Brumeuse ne devait pas se trouver à plus de deux pas de moi. Et pourtant, je ne la discernais nullement.

Soudain inquiète – et si elle me voulait du mal ? –, je m'arrêtai. L'eau du lac m'arrivait à la taille.

– N'aie pas peur, viens, me dit-elle.

J'hésitai. Devais-je continuer ma progression dans ces eaux troubles ?

Je m'armai de tout mon courage et fis un pas de plus…

Le soleil m'obligea à fermer les yeux quelques secondes.

Je me trouvais dans une sorte de cercle, au milieu du lac, entourée par la brume. Elle n'y pénétrait pas ! Ici, l'eau du lac était bleue et transparente.

Devant moi se tenait une femme magnifique. Sa chevelure blonde lui cascadait dans le dos ainsi que sur ses frêles épaules. Ses yeux dorés – mielleux, dirais-je – me fixaient. Son regard était doux et chaleureux. Elle était vêtue d'une simple robe à bretelles qui semblait ne former qu'un avec les eaux du lieu. Mais ce que je remarquai en premier, ce furent ses ailes. Elles partaient de son dos, blanches et duveteuses, et finissaient par s'estomper, ne devenant plus qu'un immense voile. Ses ailes n'étaient ni plus ni moins que la brume nous entourant !

– Vous… Êtes-vous la Brumeuse ? demandai-je timidement, intriguée mais surtout intimidée par son aspect.

– En effet. Félicitations, tu es la première à avoir eu

le courage de suivre ma voix jusqu'ici. Les autres ont pris peur… Ils se sont laissé avoir par les esprits.

– Les esprits ? fis-je.

– Chaque chose en son temps, me dit-elle, souriante.

– Pourquoi m'avoir appelée ? Et pourquoi Azilis n'a-t-elle pu vous entendre ? me souvins-je tout à coup.

– L'Ailée noire ? Elle ne le peut tout simplement pas. Il faut un proche en ce lieu pour ça.

– Un proche ? l'interrogeai-je, ne comprenant pas.

En guise d'explication, Swanhilde tourna sa tête vers la droite, me désignant la brume. Je suivis son regard et vis bientôt un visage sortir du brouillard.

– Père ! hurlai-je.

Mais l'apparition avait déjà disparu.

– Il ne peut pas t'entendre, déclara doucement la Brumeuse. Il n'est pas vraiment là, ce n'est qu'un esprit. Un écho de vie, si tu préfères. C'est lui qui t'a montrée à moi.

Je ne sus que répondre et il me fallut un instant pour retrouver l'usage de ma voix.

– Pourquoi l'esprit de mon père est-il ici ? la questionnai-je finalement.

– Pour la même raison qui fait que les autres esprits de ce lieu y sont. Il fait partie des trop nombreuses et déplorables victimes de mon beau-frère.

– Votre beau-frère ? m'étonnai-je, ayant peur de comprendre.

– Ehuel.

Non ! C'était impossible ! Ehuel avait une belle-sœur… Il était donc marié !? Comment un être pareil que lui pouvait-il trouver l'amour ?

172

– Impossible. Ehuel n'est qu'un monstre, objectai-je, les larmes me montant aux yeux à cause du souvenir de Père.

– Ehuel est *devenu* un monstre, me corrigea-t-elle. Il n'a pas toujours été comme ça... Si je te raconte son histoire – et la mienne par la même occasion –, m'écouteras-tu ?

J'étais curieuse et, près de la Brumeuse, l'eau du lac n'était pas aussi froide. J'acquiesçai et elle commença son récit :

– Il fut un temps jadis où je vivais avec mon frère, Ikael. Il était fermier et adorait ce qu'il faisait. Mais mon frère avait peur. Peur pour moi et, sans doute, peur pour lui-même également.

– Que craignait-il ? l'interrompis-je.

– Les Bazori. Nous étions encore à l'aube de leur clan, mais ils sévissaient déjà. Ce n'était pas rare de voir un plume-blanche disparaître mystérieusement. Je n'avais que onze ans à l'époque. Ikael en avait dix-neuf et déjà, il gérait notre maison et m'entretenait. Nous avions l'habitude de vivre seuls, mais il était triste, je le voyais. Il essayait de me le cacher, mais je n'étais pas dupe et je m'attristais pour lui. Je tentais de le seconder dans toutes ses tâches.

Elle fit une petite pause, comme plongée dans ses souvenirs, puis reprit le cours de son histoire :

– Un jour, Ikael trouva un Okar endormi dans notre grange. D'abord méfiant, il s'approcha de lui et constata qu'il était inconscient. Pire, il était blessé.

– Qui était cet Okar ? lui demandai-je, prise dans son récit.

– J'y viens, un instant, me sourit la Brumeuse. Malgré la défiance de mon frère, je l'emmenai à l'intérieur et le soignai. Trois jours durant, l'Okar resta inerte et nous commençâmes à craindre qu'il ne se réveille pas… Mais enfin, il revint à lui. Il était pâle et maigre. Tellement maigre. Même ses yeux nous semblaient pâles et, chose inhabituelle, ils tiraient sur le violet. Ikael voulut savoir son nom et, lorsqu'il parvint à s'en souvenir, le plume-blanche nous répondit qu'il s'appelait Ehuel. Mais quand mon frère lui demanda d'où il venait, il fut incapable de le dire… Il ne s'en rappelait plus. Ses derniers souvenirs étaient son mal de crâne ainsi qu'un vol long et fatigant, puis notre grange.

Semblant de nouveau songeuse, elle refit une pause et je me permis d'intervenir.

– Que s'est-il passé ensuite ?

– Ehuel s'est excusé de nous avoir causé du souci et je l'ai invité à se reposer chez nous durant quelques jours de plus. Cela se voyait qu'il était encore très faible. Ikael me reprocha ma gentillesse. Cet Okar ne lui inspirait pas confiance et il ne voulait pas qu'il puisse nous arriver malheur. Je le rassurai toutefois et il accepta sa présence chez lui.

– Et Ehuel vous a fait du mal ? l'interrogeai-je.

– Non.

– Non ? m'étonnai-je.

– Je te l'ai dit, il n'a pas toujours été le monstre qu'il est aujourd'hui. Autrefois, il était un individu poli et courtois. Malgré sa faiblesse, dès qu'il le pouvait, il m'aidait dans mes tâches, m'expliqua-t-elle. Quand enfin, il eut repris des forces, il nous annonça qu'il projetait de partir. Il ne voulait pas être un poids pour nous, abuser de notre hospitalité plus longtemps.

– Et où décida-t-il d'aller ?

– Il ne le savait pas. Sa mémoire ne lui était toujours pas revenue. Ikael, qui malgré tout ce qu'il pouvait dire, s'était attaché à lui, lui proposa de le laisser vivre avec nous, s'il l'aidait dans son travail aux champs. C'était une alternative simple, mais Ehuel accepta, ravi. Et bien qu'il n'ait jamais été très musclé, il mit du cœur à l'ouvrage pour aider mon frère. Notre famille s'était agrandie.

La Brumeuse sourit, se remémorant sûrement de bons souvenirs.

– À passer tout leur temps ensemble, mon frère et Ehuel se rendirent compte au fil du temps qu'ils s'aimaient et, un jour, ils se marièrent.

– Ehuel a donc été amoureux, ne pus-je que murmurer, abasourdie.

Swanhilde acquiesça, un doux sourire fleurissant sur ses lèvres.

– Il n'était pas seulement tombé amoureux, il avait réussi là où j'avais échoué. Il avait enlevé la tristesse du cœur d'Ikael. Nous coulions dès lors des jours heureux. Je pressentais que le couple regrettait de ne pouvoir avoir de descendance, mais ils ne m'en parlèrent jamais…

Elle soupira avant de continuer son récit captivant.

– À dix-sept ans, je me fiançai avec un riche plume-noire et partis vivre à Yoral avec lui. Je proposai bien à mon frère de venir, lui et son mari, s'installer avec nous dans la famille de mon promis, mais il refusa. Il aimait bien trop notre ferme.

– Que vous est-il arrivé après ?

– Pendant presque quatre ans, je ne les ai plus revus et j'avoue que ce n'a pas été les plus belles années de ma vie… Ma future belle-mère était une femme très pédante, qui ne rêvait que d'être invitée à la cour, d'assister à des bals royaux et j'en passe. Pour « préserver sa famille de la disgrâce », elle voulait faire de moi une dame de la haute société. D'après elle, il fallait à tout prix empêcher qu'on découvre que je n'étais qu'une « pauvre fille de ferme ». Elle dirigeait tout, rien n'échappait à son contrôle. Je passais plus de temps avec cette femme qu'avec mon fiancé. Ce dernier se contentait de me consoler le soir, quand je le rejoignais dans notre chambre. Il me disait que je faisais d'énormes progrès et que sa mère serait bientôt satisfaite. Mais elle ne le fut jamais…

Son regard se fit plus triste et je perçus toute la peine que ces années lui avaient causée…

– Un jour, poursuivit-elle difficilement, je tombai malade et les médecins et guérisseurs ne purent rien pour moi. Je n'en avais plus que pour un an ou deux à vivre… Ma belle-mère décréta que je n'étais plus rien et je passais mes journées, seule, dans ma grande – trop grande pour moi – chambre. Je ne voyais même plus mon promis tous les jours…

– C'est horrible, déclarai-je, choquée et sincèrement triste pour elle.

– Je ne sais plus quand exactement, mais ma belle-mère décida qu'il serait beaucoup plus avantageux et sage pour son fils de rompre ses fiançailles et de chercher une épouse plus noble, ainsi qu'en bonne santé. Mon cœur manqua d'exploser quand mon fiancé acquiesça… et rompit nos engagements.

Ce souvenir devait encore être très douloureux pour elle, car elle s'arrêta, prise par l'émotion. Je ne savais comment la consoler. Aussi, attendis-je silencieusement qu'elle reprenne son histoire.

— Désemparée, hoqueta-t-elle, je retournai dans la ferme de mon frère. Malgré mon absence de nouvelles, lui et son mari m'accueillirent à bras ouverts et je fondis en larmes, autant à cause de ce qu'il m'était arrivé que par bonheur de les retrouver enfin. Très vite, je me rendis compte que j'étais enceinte… Il était hors de question que mon ex-fiancé l'apprenne. Je ne voulais pas que sa mère mette la main sur l'enfant ! Malheureusement, au vu de ma santé, mes chances de survivre à l'accouchement étaient plus que minces…

— Oh non ! m'exclamai-je involontairement.

— Je fis promettre à Ikael et à mon beau-frère de s'occuper de mon petit comme si c'était le leur. Ils me le jurèrent sans hésitation. Je savais que mon enfant serait entre de bonnes mains. Durant ces quelques mois, je tâchai de garder le moral à tout moment. Je ne voulais qu'une chose : que nous soyons tous heureux à nouveau.

La Brumeuse soupira avant de poursuivre.

— Mon frère était très inquiet à mon sujet et pour le bébé. Les Bazori semaient le chaos dans la région et il craignait une agression. Son mari et moi le rassurions de notre mieux. Un jour, Ehuel partit pour Vaerell, la cité marchande, afin d'aller faire quelques commissions pour moi. Quand il revint… ce fut pour nous trouver, Ikael et moi, noyés dans notre propre sang. Comme le craignait mon frère, les Bazori avaient assiégé notre ferme lors d'une attaque.

Je crus que Swanhilde allait pleurer tant elle était affectée par son récit. Pourtant, dès qu'une larme semblait s'échapper du coin de son œil, elle s'évaporait…

– Je suis désolée… fut tout ce que je trouvai à dire, attristée par sa détresse.

– Ehuel… Ehuel a laissé sa haine et sa colère l'emporter sur lui, dit-elle pour conclure son histoire. Dans le seul but de nous venger, nous, les êtres qu'il aimait plus que tout au monde, il s'est adonné à la magie noire. Il ne s'est même pas rendu compte qu'il y laissait son âme et tout ce qu'il y avait de bon en lui. Il est devenu… un monstre !

Sa détresse semblait ne pas avoir de limites et je me sentais transportée dans le flot de ses émotions.

– Il faut arrêter sa folie vengeresse, me dit-elle d'un ton déterminé, après une minute ou deux de silence.

– Mais comment ?

– Avec ceci, déclara-t-elle en sortant une petite fiole de son décolleté.

Celle-ci était remplie d'une matière… brumeuse. Elle semblait presque lumineuse.

– C'est de la magie blanche, de l'ancienne magie, précisa-t-elle. Elle seule peut vaincre le cœur noir de celui qui, jadis, était comme un second frère pour moi.

D'un geste lent, elle me remit la fiole et disparut…

Immédiatement, je ressentis l'effet de l'eau glacée, même mes ailes baignaient dedans. La brume m'entoura de nouveau. Il fallait que je sorte de là !

Je fis marche arrière, tremblante, et entendis Azilis m'appeler.

– Arsinoé ? Arsinoé ! Où es-tu ?

Au ton de sa voix, je sus qu'elle était très inquiète, voire complètement paniquée. Aussitôt, je m'en voulus de lui avoir créé cette frayeur.

– Je suis là, clamai-je pour lui signaler ma présence.

– Où ? m'interrogea la Deskare.

– Par ici, criai-je.

Alors, je la vis. La silhouette d'Azilis. Elle était venue me chercher jusque dans l'étendue d'eau. Je la rejoignis et nous parvînmes à regagner la rive.

– Ne... me fais... plus jamais... une... peur pareille, me sermonna-t-elle, à bout de souffle.

– Désolée...

Serrant la fiole remise par Swanhilde, je déclarai, avant qu'Azilis ne me pose de questions :

– Je dois trouver Blake rapidement !

– Qu'est-ce que... commença l'ex-espionne en voyant ce que je tenais entre mes mains.

– Je sais comment vaincre le déchu.

Arsinoé Dasaraël

Kadaria

Blake était déterminé, ça se voyait.

Je le voyais.

Depuis sa discussion avec le garde royal, il n'avait plus qu'une seule idée en tête : traquer Ehuel et l'éliminer une fois pour toutes. J'en avais bien sûr envie, moi aussi. Je ne souhaitais même que ça. Ehuel avait éradiqué tout mon clan ! Cependant, l'attitude du Prince me préoccupait. Ce n'est pas que je m'inquiétais pour lui – il ne faut pas non plus exagérer –, mais j'avais le sentiment qu'il fonçait droit dans un mur.

Il marchait droit devant lui, ne se souciant pas de savoir si je le suivais. Ça ne me dérangeait pas, bien au contraire. Je détestais me sentir épiée. Mais je le connaissais assez pour savoir qu'il n'aurait jamais laissé sa prisonnière sans surveillance. J'étais sa captive – même si ça me dégoûtait de l'avouer – et il m'avait fait comprendre dès le début qu'il ne me lâcherait pas d'une semelle.

Il ne se souciait même plus de savoir si on pouvait nous voir ou pas. Non, vraiment, quelque chose clochait.

Aussi, vins-je me mettre à sa hauteur.

– Petit Prince ? l'interpellai-je.

Il ne me répondit pas et continua à avancer. Ses yeux bleus semblaient flamber sous la colère.

– Blake, l'appelai-je plus fermement.

Je n'obtins toujours aucune réaction.

– Ça suffit ! hurlai-je pour le faire revenir sur terre. Maintenant, tu vas m'écouter !

Il se stoppa net dans sa marche et me dévisagea, surpris, comme s'il réalisait seulement ma présence.

Ne lui laissant pas le temps de prendre la parole, je l'enguirlandai :

– C'est pas trop tôt. Trois fois que je t'appelle !

– Je… essaya-t-il de parler. Désolé, je ne m'en étais pas…

– Rendu compte ? le coupai-je dans sa tentative d'excuse plutôt pitoyable. J'avais remarqué, merci.

– Je suis désolé, fit-il, sincère.

– Tu l'as déjà dit.

– Je sais, se contenta-t-il de me répondre.

– Maintenant, continuai-je, dis-moi : que comptais-tu faire ? Marcher sans but et à découvert jusqu'à ce que tu rencontres le déchu par hasard ? Ensuite, lui demander de te rendre ta famille et le provoquer en duel ? Combat que, bien sûr, tu n'es pas certain de gagner.

Il me dévisagea, les yeux écarquillés. Ma tirade avait eu l'effet escompté.

– Non. Évidemment que non, m'affirma monsieur.

– C'est sans doute pour ça que tu avançais à une telle cadence, irradiant de haine.

– Tu peux bien parler, riposta-t-il.

– Comment… m'apprêtai-je à lui rétorquer, furieuse.

Je n'en eus toutefois pas le temps, car il me coupa :

– OK. OK. Stop. Je suis désolé, je n'aurais pas dû.

– À qui le dis-tu…

Il choisit d'ignorer ma dernière remarque.

– J'avoue que je me suis laissé emporter par ma colère, reprit-il. J'en ai même oublié ma prudence et tu as tout à fait raison de me le reprocher. Tu as bien fait, je t'en remercie.

Étrangement, le simple fait qu'il me manifeste de la gratitude me calma instantanément. Je l'écoutai avec deux fois plus d'attention.

– Mais, poursuivit-il, tu te trompes.

– À quel sujet ? l'interrogeai-je, un peu suspicieuse.

– Je ne marche pas sans but. Ça va peut-être t'étonner, mais j'ai un plan.

– Et je peux savoir lequel ?

– Me rendre dans la forêt des Brumes.

– La forêt des Brumes, répétai-je, ahurie. Pourquoi aller là-bas ?

Je ne comprenais pas où il voulait en venir. Absolument pas.

– Parce que, premièrement, personne ne nous y cherchera. Et ensuite, car j'y ai caché quelque chose.

– Quelque chose ?

– Des livres anciens.

– Des livres ? fis-je, pas convaincue pour un sou.

– De magie noire. Je ne souhaitais pas que Mère ou Arsinoé tombent dessus, m'expliqua-t-il.

– Oh, fut tout ce que je trouvai à redire.

Donc, se rendre dans les mondes Humains, non. Mais aller dans une forêt maudite, pas de problème pour monsieur. Avec qui m'étais-je engagée ? m'alarmai-je.

– Et que faisait le Prince avec des livres de magie noire ? le narguai-je ensuite.

– Je tentais de comprendre Ehuel, si tu veux tout savoir, me répondit-il après un court instant d'hésitation.

– Le comprendre ?

J'étais de plus en plus sceptique.

– J'étais persuadé que si j'arrivais à le comprendre un peu, si je me renseignais sur la magie qu'il utilise, je pourrais mieux déterminer comment il procède, et peut-être même trouver Alstec.

Alstec, le repère du déchu, avait la réputation d'être introuvable et impénétrable.

– Oh, répondis-je à nouveau.

Son plan n'était pas si bête. Pas du tout même. J'étais bien forcée de l'avouer.

– Allons-y alors, m'inclinai-je.

– Nous irons, m'affirma-t-il. Mais pas maintenant. C'est toi qui as raison, ce n'est pas prudent de progresser à découvert. Nous devons attendre la nuit.

– J'ai toujours raison, fis-je.

Je ne sus jamais réellement pourquoi j'avais dit ça, comme si je taquinais un ami. C'était sorti tout simplement et je ne savais quelle allait être sa réaction. Allait-il le prendre mal ?

– Même quand tu as tort, je suppose ? me demanda-t-il, entrant à mon soulagement dans mon jeu.

– Parfaitement, proclamai-je.

Il rit et, je ne sus pourquoi, cela me réchauffa le cœur.

Était-ce le fait d'avoir un ennemi commun qui nous rapprochait si facilement ? Je me sentais désormais presque à l'aise avec lui. Je n'avais plus l'impression d'être sa prisonnière… mais cette impression allait sans doute revenir en même temps que la chaîne…

Blake nous trouva rapidement une cachette pour la journée et il nous fallut patienter. À cause de l'attente et surtout, parce que mon allié ne parlait pas, mes pensées se dirigèrent vers le journal de ma mère. Je me rembrunis aussitôt. J'avais découvert que toute ma vie n'avait été qu'un tissu de mensonges et je ne voulais y croire. Ma mère n'avait jamais fraternisé avec l'actuelle reine de Khalitekla. Elle n'avait pas non plus tout fait pour la protéger, quitte à trahir son clan avec l'aide d'Azilis. Mon père et le vieux n'étaient pas les barbares qu'elle décrivait. Et je n'étais pas une arme ! Un monstre crée par Belogor… Je n'avais pas été modifiée génétiquement avant ma naissance. Je ne l'avais pas… tuée…

C'était impossible. Tout cela n'était que des mensonges !

Je sentais la rage bouillonner en moi, mais je devais la contenir. On ne s'emportait pas pour de odieuses fables. J'essayais de m'en convaincre. Pourtant, une part de moi-même savait que c'était vrai. Que la vérité se trouvait bel et bien dans ce journal. Mais je ne pouvais le supporter.

– Ça va ? me demanda Blake, me tirant de mes pensées.

Ma détresse était-elle visible à ce point ? J'étais donc d'une telle faiblesse ? Malgré ce que je voulais faire croire, je n'étais manifestement pas une bonne guerrière…

– Qu'est-ce que ça peut te faire, Petit Prince ? lui

crachai-je en m'emportant, plus furieuse contre moi-même que contre lui.

— C'est sûr, que m'a-t-il pris de te le demander ? se vexa-t-il, tournant déjà les talons.

Sans savoir pourquoi, je m'en voulus de l'avoir blessé. Il n'avait après tout rien fait de mal…

— Attends, lui dis-je précipitamment.

Surpris, il se retourna et me dévisagea. Alors, même s'il m'en coûtait, je m'excusai.

— Je suis désolée, pour la remarque, marmonnai-je. Je suis à cran et…

Je ne trouvai jamais les mots adéquats pour finir ma phrase. Il revint à mon côté et s'assit.

— Tu veux m'en parler ?

Je ne répondis pas.

— Je sais que nous ne nous entendons pas, que nous avons un passé commun plutôt houleux – c'est le cas de le dire –, mais aujourd'hui, nous sommes alliés. Ensemble contre Ehuel. Et si tu as besoin de parler, je t'écoute, sans te juger, quels que soient tes propos.

Sa voix était si douce, si calme. Il paraissait tellement sincère. J'avais envie de lui faire confiance… mais j'avais également peur.

Dans un élan de courage, je sortis le carnet de ma mère et le lui tendis.

— C'est ça, mon problème, déclarai-je en guise d'explication.

Il me le prit délicatement des mains, mais ne l'ouvrit pas. Il se contenta de me dévisager.

— Qu'est-ce que tu attends ? le pressai-je, mal à l'aise.

C'était déjà difficile de le lui confier, je ne voulais pas

qu'il prenne trop de temps avant de le lire non plus.

– Tu es sûre ? m'interrogea-t-il.

Sa gentillesse, quoique très touchante, en était presque énervante. Ne voulant pas m'emporter, j'acquiesçai silencieusement.

Sans un mot, il l'ouvrit et commença à en lire chaque page. Inquiète et nerveuse, je l'observai du coin de l'œil, guettant ses réactions. Mais il ne broncha pas une seule fois.

Ce ne fut qu'une fois sa lecture achevée qu'il prit la parole.

– J'avoue que je ne sais pas bien quoi te dire… Je ne peux qu'imaginer l'état dans lequel ces révélations ont dû te plonger.

Il se tut.

Je voulais lui répondre. Je le voulais vraiment. Mais aucun son ne franchit la barrière de mes lèvres.

– Ainsi, reprit-il, nos mères se connaissaient… Je sais désormais pourquoi la mienne ne se rend plus au parc.

Je l'observai, quelque part touchée qu'il amène la conversation avec délicatesse. Ma langue se délia enfin.

– J'ai vécu dans le mensonge durant toutes ces années… soufflai-je difficilement.

– Tu ne pouvais pas savoir. J'ai cru comprendre qu'on vous offrait une version différente de l'Histoire à Izabor, me rassura-t-il.

Pourquoi se montrait-il aussi attentionné avec moi ? Je n'avais jamais rien fait pour encourager sa gentillesse. Il aurait dû me traiter comme une ennemie… Comme une tueuse d'Okars.

– J'aurais dû m'en rendre compte, pestai-je contre

moi-même. Tous ces meurtres, tous ces massacres… Ça ne rimait à rien.

– Si j'en crois ce carnet, dit-il en désignant ledit carnet, cela faisait longtemps que tout votre clan était endoctriné. Au fond, vous n'étiez que des victimes.

Je ne pouvais supporter tant de bonté. Je ne le méritais pas. Pas après les horreurs commises par mon clan… ou par moi !

– Mais tu ne vois pas que je suis un monstre !? m'emportai-je. Rien que mon apparence en témoigne… J'ai été créée pour être un monstre !

Je sentis mes larmes commencer à me brûler les yeux, mais je me refusai à les laisser sortir.

– Kadaria… tenta-t-il de dire.

– Non, le coupai-je un peu trop sèchement. Laisse-moi. J'ai besoin d'être seule…

Il acquiesça, l'air triste. S'inquiétait-il réellement pour moi ? Je ne pouvais le croire. C'était impossible.

Silencieusement, j'attendis la tombée de la nuit en ressassant ma peine et ma rancœur. Puis, sans un mot, je suivis Blake lorsqu'il se remit en marche. Quel autre choix avais-je de toute façon ?

De temps à autre, mon allié jetait des petits coups d'œil rapides dans ma direction. Par inquiétude, ou par peur que je ne prenne la fuite ? Je ne le savais pas. Mais je me doutais que c'était probablement par crainte. Qui pouvait me faire confiance ?

Nous marchions vite, à pas précipités. Je sentais que Blake avait hâte d'arriver à destination. Il angoissait sans doute pour sa mère. Chaque minute de perdue était une minute où elle pouvait mourir, il le savait. C'était très égoïste de ma part, mais je lui enviais presque son inquiétude. Je n'avais plus à me soucier de personne… Ils étaient tous morts. Contrairement à lui, je n'avais plus d'espoir… J'avais beau me répéter que tout mon clan m'avait menti, la douleur de l'avoir perdu à jamais n'en était pas moins grande. J'aurais voulu pouvoir les retrouver vivants… mais ce n'était pas possible. Je devais me résigner.

Nous poursuivîmes notre route toute la nuit. Blake ne me parla à aucun moment, respectant mon souhait de tranquillité. Quand le jour se leva, il nous trouva un abri à la frontière de Vaerell : une échoppe abandonnée. Sûrement une échoppe appartenant à un Deskar…

Il nous fallait dormir.

Regardant mon poignet toujours meurtri, j'attendis avec résignation qu'il sorte « ma » chaîne pour pouvoir me reposer. Le voyage et toutes ces révélations m'avaient épuisée. Cependant, il ne m'entrava jamais. Il se contenta de me tendre un peu de nourriture chapardée pendant la nuit.

– Tu ne m'attaches pas ? l'interrogeai-je, sidérée.

– Non.

Je le dévisageai, estomaquée.

– Pourquoi ? finis-je par le questionner.

– Parce que tu n'es pas un monstre, et que j'ai décidé de te faire confiance.

Ces simples paroles suffirent à me réchauffer le cœur. Pendant un instant, je me sentis bien. Seulement un instant.

– Et tu n'as pas peur de commettre une erreur ? lui demandai-je, aussi stupéfaite qu'anxieuse.

– Je ne vais pas te mentir. Si, j'ai une appréhension. Mais je verrai bien si j'ai fait le bon choix à mon réveil.

Il était souriant et je me maudis lorsque je remarquai que je souriais également. Pourquoi sa confiance était-elle si importante à mes yeux ?

Ne voulant pas trop me pencher sur la question, je m'allongeai et m'enroulai dans mes ailes, ce doux cocon protecteur.

À peine quelques instants plus tard, Blake se coucha à son tour, s'installant non loin de moi. Il me suffisait de déplier mes ailes pour pouvoir le toucher. Confiance ou inconscience ? Je n'arrivais pas à me décider. Mais j'étais sûre d'une chose : je ne le trahirai pas. Je n'étais même plus certaine de le considérer encore comme mon ennemi. Les révélations de ma mère avaient tout remis en cause. Je devais me contenter de l'essentiel. À savoir : Blake était mon meilleur allié pour vaincre Ehuel et c'était probablement la seule personne qui ne me voyait pas comme un monstre...

Le lendemain, le prince Okar me réveilla en me secouant légèrement. Je papillonnai des yeux et revins lentement à moi.

– C'est l'après-midi, m'informa-t-il. Mieux vaut se montrer prudent et se tenir prêts à partir, au cas où, expliqua-t-il. Tu as faim ?

J'acquiesçai et attendis qu'il se soit éloigné pour dérouler mes ailes. Je ne voulais pas le blesser par accident.

– Au fait, fit-il en se retournant vers moi, je savais que j'avais raison de te faire confiance.

Il agrémenta sa phrase d'un clin d'œil. Je ne pus m'empêcher de sourire bêtement.

– Fais attention, Petit Prince, le narguai-je. J'essaie simplement de te faire baisser ta garde pour pouvoir mieux t'attaquer ensuite.

Je ne savais pas vraiment pourquoi je le provoquais ainsi. Peut-être n'arrivais-je pas bien à assimiler qu'on pouvait avoir confiance en moi.

Il rit de ma remarque.

– Je me méfierai, c'est gentil de prévenir, se moqua-t-il.

Je joignis mon rire au sien. C'était étrange. Un peu comme si nous avions besoin de rire pour pouvoir continuer à bien la mission que nous nous étions confiée. Même si je ne voulais pas le lui avouer, j'aimais cette nouvelle – et surprenante – proximité.

Quand la lune fut le seul éclairage du royaume, nous sortîmes de notre logement de fortune et nous nous remîmes en marche. Nous avions bon espoir d'arriver à l'orée de la forêt des Brumes avant le lever du jour. J'avais envie de déployer mes ailes au maximum et de m'envoler haut dans le ciel, mais ce n'était pas prudent. Je me demandai si, à force de marcher, Blake ressentait lui aussi cette irrésistible envie de quitter la terre ferme.

Pour une fois, le trajet ne fut pas silencieux. Le Prince et moi discutâmes de tout et rien. Parfois, il me racontait sa vie au palais. Et si j'étais de bonne humeur, je m'autorisais à lui confier quelques-uns de mes souvenirs.

Enfin, nous l'aperçûmes au loin. La forêt des Brumes.

Seules quelques touffes de feuilles vertes ressortaient de cet amas de brouillard condensé. Mais alors que nous nous approchions, nous distinguâmes deux silhouettes.

– Baisse-toi, m'intima le Prince.

J'obtempérai. Depuis la ville marchande, le moyen le plus rapide pour rejoindre la forêt était de traverser la prairie des hommages. Une terre recouverte de fleurs des champs, où les Ailés venaient répandre les cendres de leurs défunts.

Si ce chemin était court, il nous exposait.

Couchés dans les herbes hautes, nous attendîmes, silencieux. Mon cœur battait à tout rompre dans ma poitrine, par crainte de me faire découvrir.

Je distinguai bientôt les bruits de pas de deux inconnus. Ils arrivaient dans notre direction ! Inquiète, je jetai un discret coup d'œil à mon compagnon de route. Il tenait son épée contre lui, invoquée par précaution. J'en fis de même avec ma lance double, prête à l'attaque. Peut-être était-ce dû à mon éducation, mais je désirais combattre. J'étais presque impatiente. J'étais certaine que ce n'était pas le cas de Blake. À l'inverse, il devait espérer que les deux personnes passent à côté de nous sans nous voir.

Bientôt, les bruits de pas se firent plus distincts. Ils se rapprochaient. Dans quelques secondes, les deux inconnus seraient à notre hauteur. Machinalement, je tournai la tête vers mon allié et le vis lever trois doigts, puis en abaisser un, et puis un autre. Le message était clair.

À trois, je bondis sur mes pieds et fis face, prête à combattre.

La bataille ne vint jamais. Et pour cause, nous nous tenions en face d'Azilis et d'une adolescente frêle. Elle avait même l'air malade…

– Arsinoé ! s'écria Blake en la prenant dans ses bras.

C'était donc elle, la Princesse Deskare.

Pendant que Blake s'inquiétait de la santé de sa cadette, je restai là, à regarder Azilis. Aucune de nous deux ne savait quoi dire. Finalement, je me lançai :

– J'ai lu le journal de ma mère…

– C'est ce qu'elle voulait, m'affirma-t-elle. C'est pour ça qu'elle me l'a remis.

– Ce qui y est écrit… tout ça… c'est vrai, n'est-ce pas ?

Le tremblement de ma voix n'était pas désiré. Je déglutis difficilement.

Gravement, elle hocha la tête.

– Je suis heureuse que tu aies pu découvrir la vérité, me déclara-t-elle. Même si j'aurais souhaité que cela se fasse dans de meilleures conditions…

– Moi aussi, souris-je tristement.

J'étais à la fois peinée et en rage. Je n'arrivais pas à définir exactement ce que je ressentais, mais je savais que je n'avais pas le droit d'être en colère contre la Deskare. Elle avait tenté de m'élever comme sa propre fille et m'aurait révélé la vérité bien plus tôt si on ne l'avait pas laissée croupir dans un cachot.

– Je suis désolée, parvins-je à lui dire, dans ce qui, pour moi, était un effort considérable.

Je m'en voulais de l'avoir repoussée la dernière fois. Sa réponse ne se fit pas attendre. Elle me prit immédiatement dans ses bras, sans se soucier de mes ailes.

– Ne t'en fais pas, ma chérie. Ce n'est rien. Tu ne pouvais pas savoir.

À mon tour, je l'enlaçai.

Une fois que Blake fut bien rassuré à propos de sa sœur, celle-ci le pria de l'écouter.

– Je sais comment vaincre Ehuel, déclara-t-elle fermement.

– Comment ? s'exclama mon allié, sûrement aussi surpris que moi.

Comment une jeune Ailée si fragile pouvait-elle détenir la solution à nos problèmes ? Comme en réponse à mes interrogations, Arsinoé sortit une fiole de sa tenue.

– Avec ceci, nous affirma-t-elle fièrement.

– C'est quoi, ça ? demandai-je.

Elle me dévisagea, hésitant à me répondre. Je vis de la peur au fond de ses yeux et m'en attristai. Pour beaucoup, je serais toujours « la Fleur du Chaos », l'impitoyable guerrière Bazori…

– Tu peux lui faire confiance, lui dit son frère.

– Je…

La Deskare se coupa.

– Tu… ? l'encouragea à poursuivre Blake.

– Je ne veux pas me montrer impolie, mais pourquoi es-tu en compagnie d'une Bazori ? Elle, en plus, demanda-t-elle froidement en me pointant du doigt. C'est la fille de Vastoch. Elle est dangereuse, tu l'as dit toi-même.

J'avais envie de mettre une gifle à cette maudite princesse. Pourtant, ce qu'elle disait était vrai… Même moi, je ne pouvais que m'étonner devant la confiance de son aîné.

– Arsinoé, soupira celui-ci, je comprends tes craintes, crois-moi. Mais les Bazori n'étaient pas que des guerriers.

– Étaient ? s'étonna l'adolescente.

Visiblement, Azilis ne l'avait pas tenue informée de tout.

– Oui… Ehuel… se contenta d'expliquer Blake, jetant un coup d'œil inquiet vers moi. Je disais donc, les Bazori étaient surtout des Deskars aveuglés depuis bien longtemps. Kadaria a malheureusement vécu dans le mensonge depuis sa naissance. Ce n'est que récemment qu'elle a été informée de la vérité sur son clan et sur elle-même… Je pense pouvoir affirmer qu'elle en a souffert… et en souffre toujours. Mais elle est la preuve vivante qu'une personne peut changer.

Tout en disant cela, il m'accorda un petit sourire.

– Je sais qu'elle a changé, poursuivit-il pour convaincre sa sœur. Et aujourd'hui, elle a toute ma confiance. Je te demanderai donc de parler devant elle sans aucune crainte.

Même si je n'en montrai rien, faisant tout mon possible pour paraître indifférente, je fus touchée par ses paroles. Très touchée. Je me promis de faire l'effort de l'en remercier plus tard.

– Bien, acquiesça Arsinoé. J'ai une longue histoire à vous raconter.

Aussi bien Blake que moi, nous l'écoutâmes avec attention lorsqu'elle nous relata sa rencontre avec celle qu'elle appelait Swanhilde ou bien « la Brumeuse ». Ce dernier nom me rappelait vaguement quelque chose.

Comme un souvenir depuis longtemps oublié.

– Tu es sûre que nous pouvons lui faire confiance ? demanda Blake une fois son récit terminé.

– Certaine, répliqua l'adolescente. Et ce n'est pas tout.

– Comment ? questionnai-je.

– Arsinoé peut communiquer avec elle dans ses rêves, me répondit Azilis. Swanhilde pense être capable de trouver Alstec.

J'en restai sans voix. Ça semblait presque trop beau pour être vrai !

– Où est-il ? l'interrogea précipitamment Blake.

– Je vous y conduirai, promit sa petite sœur.

– Il en est hors de question ! s'épouvanta mon allié.

– Pourquoi ?

– Tu es malade, Arsinoé. Tu ne peux pas faire ce voyage.

– Bien sûr que si, je peux. J'en suis capable. Je suis bien arrivée jusqu'ici, non ?

Elle était énervée. Ça s'entendait aisément à son ton de voix.

– C'est trop dangereux, trancha l'aîné.

– Je m'en moque ! s'écria la Deskare. Je viens, un point c'est tout !

– Je ne laisserai pas ma sœur se mettre en danger inutilement. Je l'ai promis à Père.

Arsinoé se tut.

– Je peux te mener en lieu sûr, reprit Blake.

– Il n'y a plus de lieu sûr depuis le retour d'Ehuel…

– Si… la Terre.

La jeune Deskare le regarda avec des yeux ronds.

— Tu es fou ! s'exclama-t-elle. Le monde des Humains est un endroit redoutable pour nous et tu le sais.

— Kadaria et moi nous y sommes rendus, lui expliqua-t-il calmement. Nous connaissons quelqu'un chez qui tu seras en sécurité.

Je compris immédiatement qu'il songeait à Alice.

— Mais je ne veux pas y aller. Je veux me battre avec vous !

Évidemment, Blake protesta et les deux enfants royaux se disputèrent. Afin de détendre l'atmosphère, Azilis emmena le Prince à l'écart, prétextant qu'il nous fallait trouver du bois au cas où il nous faudrait faire un feu. Arsinoé resta seule avec moi et soupira.

— Il s'inquiète pour toi, tentai-je de l'apaiser.

— En quoi ça te regarde ? m'agressa-t-elle.

Son ton de voix m'énerva.

— Écoute-moi bien, Princesse, m'exclamai-je fermement. Tu as le droit de ne pas me faire confiance. Que tu m'apprécies ou non, je m'en moque complètement. Mais je ne supporterai pas de me faire manquer de respect par une gamine en colère et…

— Excuse-moi, me coupa-t-elle avant que je ne puisse finir mon sermon. Je suis à fleur de peau et je m'en suis prise à toi. C'était bête de ma part et pas correct. Je suis désolée.

— Ce n'est rien, dis-je, aussitôt calmée.

— Et, ajouta-t-elle, si Blake affirme qu'on peut te faire confiance, je le crois.

Je lui offris un microsourire.

— Je ne veux pas qu'il m'envoie sur Terre, me confia-t-elle.

– Je ne connais pas ton frère depuis bien longtemps, mais j'ai eu l'occasion de voir qu'il pouvait être très têtu. Je ne suis pas sûre que tu puisses le faire changer d'avis.

– C'est bien ce que je crains. Mais pourquoi ne veut-il pas me laisser combattre à vos côtés ?

– Parce que tu es sa petite sœur et que tu es malade, rétorquai-je simplement.

– Je suis peut-être malade, mais je sais que j'en suis capable ! Je ne suis pas faible. Je peux me battre pour mon peuple, moi aussi.

– Je vois qu'être borné, c'est de famille, plaisantai-je. Mais laisse-moi te dire une chose, repris-je plus sérieusement. Tu es faible.

– Que…

Je ne lui laissai pas le temps de poursuivre.

– Tu es malade, quoi que tu dises, et tu ne peux rien faire pour changer ça. Vois la réalité en face. Tu ne peux même pas voler. Je suis désolée, mais tu as beau être intelligente et déterminée, tu n'en restes pas moins un poids. Blake a déjà l'enlèvement de votre mère sur la conscience. Il n'est même pas certain qu'elle soit encore en vie à l'heure actuelle. En ce moment, tu es sa seule famille. Comment crois-tu qu'il réagirait s'il venait à te perdre ?

– Mais…

– Et ton peuple ? l'interrompis-je encore une fois. S'il arrivait malheur au Prince, tu serais son unique espoir. Penses-tu que tes gens apprécieraient de te voir te jeter dans la gueule du loup ?

Elle baissa lentement la tête, comme honteuse.

– Le devoir d'une héritière est parfois de devoir se

retirer, afin de pouvoir mieux servir les siens.

Après ma tirade, un silence s'installa. Silence que la Deskare choisit bientôt de briser.

– Tu as raison, me concéda-t-elle. Je n'avais pas envisagé les choses de cette façon. Mais tout ce que tu viens de dire est vrai.

– Si ça peut te rassurer, lui dis-je plus doucement, ton frère ne te verra jamais comme quelqu'un de faible. Et je gage que ton royaume non plus. Tu es ressortie vivante de la forêt des Brumes. Tu vas devenir une légende.

– Merci, sourit-elle.

– De rien.

– Je comprends maintenant pourquoi Blake te fait confiance. Il y a énormément de bien en toi, me confia-t-elle gentiment.

Pour une fois, je ne cherchai pas à dissimuler le sourire qui s'étira sur mes lèvres. J'étais réellement émue.

– C'est gentil, fut tout ce que je pus lui répondre.

Nous n'eûmes pas le temps de parler d'avantage, car Blake et l'espionne revinrent.

– Arsinoé, commença posément mon allié, je sais que ça va te paraître injuste, mais…

– Je suis d'accord, le coupa-t-elle. J'irai sur Terre.

L'air étonné de l'Okar me donna envie de rire.

– Formidable, finit-il par dire. Je t'accompagnerai moi-même chez Alice, l'humaine que nous connaissons. Azilis, enchaîna-t-il, j'aimerais que tu viennes aussi et que tu restes avec elle, c'est plus prudent.

– Dis plutôt que tu te fais du souci pour la vieille

Deskare que je suis, rit-elle. Pour ta gouverne, sache que je suis tout à fait capable de te battre en duel ! Mais je respecterai ta volonté, mon petit.

– Merci, sourit-il. Kadaria ?

– C'est moi, plaisantai-je.

– Puis je te demander de retourner m'attendre dans l'abri à Vaerell ? Ne le prends pas mal, mais sans toi à mes côtés, je pourrais y aller en volant. Je serais moins reconnaissable…

– Tu as raison.

Je n'étais même pas vexée, son argument était logique. J'étais trois fois plus repérable que lui avec mes ailes.

– Peux-tu aussi essayer de voir les changements du royaume ?

Me faisait-il confiance à ce point ?

– Oui, acquiesçai-je.

Cela faisait déjà plusieurs jours que j'attendais le retour de mon allié. Je commençais à perdre patience – seulement ça, je ne m'inquiétais absolument pas –, quand enfin, je le vis.

– Blake, l'appelai-je, tout de même contente de ne plus me retrouver seule.

Mais au lieu de me saluer, il m'entraîna par le bras et décolla.

– Il faut vite partir, me prévint-il.

– Pourquoi ?

– Je pense qu'on m'a repéré et suivi. Je ne veux pas prendre le moindre risque.

Je me mis à voler plus rapidement. Il ne fallait pas qu'on nous trouve.

Au bout d'un moment, l'Okar s'arrêta dans sa course.

– Je crois qu'on ne craint plus rien, déclara-t-il.

– Comment peux-tu en être aussi sûr ?

– Regarde plus attentivement devant toi.

J'obtempérai et la remarquai. La brume. Nous arrivions dans l'antre de Swanhilde !

– Arsinoé t'a-t-elle dit où trouver Alstec ? lui demandai-je.

– Je dois bien avouer qu'elle est restée assez énigmatique là-dessus. Selon elle, la Brumeuse cherche toujours et me contactera.

– Te « contactera » ? Elle vit au beau milieu d'une accueillante forêt réputée hautement hantée, fis-je, sarcastique.

– D'après ma sœur, il ne faut pas douter de ses pouvoirs.

– Et tu comptes quand même aller au milieu de la brume parce que… ? l'interrogeai-je.

– Pas au milieu, me corrigea-t-il. Juste assez loin pour récupérer les livres dont je t'ai parlé.

– À quoi bon, puisque nous allons bientôt savoir où se cache Ehuel ?

– Si j'ai une confiance absolue en Arsinoé, ce n'est pas le cas pour un esprit totalement inconnu…

Il marquait un point.

Marchant encore un peu, nous nous retrouvâmes complètement entourés par la brume. Ce lieu me donnait la chair de poule.

– Attends-moi là si tu préfères, me dit Blake, ayant je ne sais pas comment remarqué mon malaise.

Je savais qu'il avait dit ça pour être gentil, mais ça m'énerva. Je ne restais pas à l'écart. Jamais ! Pour qui se prenait-il ?

– Hors de question, protestai-je vivement.

– Comme tu veux.

– Nous savons tous les deux que tu ne t'en sortirais pas sans moi, le narguai-je, plus aussi méchamment qu'autrefois.

Pour toute réponse, il leva les yeux au ciel, amusé, et continua sa progression parmi les arbres et la brume. Je le suivis de près. Je ne voulais pas risquer de le perdre dans tout ce maudit brouillard. Pourquoi les esprits ne pouvaient-ils pas être faits de rayons de soleil ? Me moquant de ma stupidité, je continuai à avancer.

– C'est ici, me déclara bientôt mon allié.

Il se pencha vers un sapin dont les racines ressortaient et, de sous celles-ci, il sortit plusieurs livres.

– Nous devrions dormir, me déclara-t-il ensuite.

– Ici ? m'étonnai-je.

Était-il cinglé ?

– C'est ce que j'ai dit.

– Tu n'es pas sérieux ?

– Si.

– Mais… voulus-je protester.

– Personne ne viendra nous chercher ici, m'interrompit-il. Et si Arsinoé dit vrai – ce que je crois –, l'esprit qui hante les lieux n'en a pas après nous.

Certes, il n'avait pas tort. J'acquiesçai en silence et

l'aidai à nous construire un abri de fortune.

Pour une fois, je m'endormis rapidement.

Ouvrant les yeux, je sursautai. À mes côtés, Blake était lui aussi éveillé. Nous nous regardâmes, surpris. Nous ne nous trouvions plus dans la forêt des Brumes. Nous étions dans ce qui m'avait tout l'air d'être la cour d'une vieille ferme abandonnée.

– Je vous souhaite la bienvenue chez moi, résonna une voix dans notre dos.

Nous nous retournâmes simultanément, armes à la main, et nous retrouvâmes devant une Okare blonde.

– Êtes-vous la Brumeuse ? lui demanda Blake.

– Oui. Je m'appelle Swanhilde Renkes.

– Où sommes-nous ? l'interrogea de nouveau mon allié.

– Dans ton rêve, Prince.

– Dans mon... ?

– Grâce au lien que j'ai pu établir avec ta sœur, j'ai pu trouver le chemin jusqu'à ton esprit, l'interrompit-elle, ne le laissant pas finir sa question.

Blake et moi nous dévisageâmes, étonnés. Je m'interrogeai : si nous étions dans son rêve, pourquoi y étais-je également ?

Comme si elle avait entendu ma question, la Brumeuse s'adressa à moi :

– Grâce à ta présence ici et aux esprits de ce lieu, j'ai pu aussi prendre contact avec toi.

– Pourquoi être venue dans mon rêve ? Et quel est ce décor ? On dirait une ferme de Borhal, enchaîna mon allié.

– C'est le cas, Prince. Nous sommes dans mon ancienne demeure. J'ai dû y penser en établissant le lien, c'était involontaire, expliqua la jeune femme. Je suis là pour la raison que t'a donnée ta sœur. Pour t'aider à trouver Alstec.

– Vous pouvez réellement nous y mener ? l'interrogeai-je à mon tour.

– Je le crois, oui.

– Vous le croyez ? fis-je, sceptique.

– Je ne connais guère l'emplacement exact du repère d'Ehuel, mais pour avoir fait partie de sa famille, je partage un lien avec lui, bien qu'il l'ignore encore. Je finirai par trouver où il se cache.

– Comment être sûre de pouvoir vous faire confiance ? demanda mon allié, méfiant lui aussi.

– Je n'ai aucune preuve de ma bonne foi à vous apporter, c'est vrai, concéda-t-elle, mais je puis vous garantir que je ne suis pas votre ennemie. Je ne veux tout simplement plus voir mon beau-frère perpétrer ses massacres…

Blake hocha la tête, comme pour acquiescer à ses propos.

– Prince, reprit la Brumeuse. Sans en savoir l'emplacement, je sais qu'Alstec se trouve non loin d'Izabor, à Borhal, sans doute. C'est là-bas qu'il te faut te rendre…

D'un sursaut, nous fûmes réveillés. Blake me regarda, cherchant à savoir si je venais aussi de faire le même rêve. À ma tête, il comprit que oui.

– Que fait-on ? lui demandai-je.

– Nous partons pour Borhal.

Kaclaria Bazori

Blake

Enfin, après un vol fatiguant, nous arrivâmes à Borhal ! Swanhilde ne m'avait toujours pas recontacté, mais au moins, nous étions sur place. Il nous suffisait d'attendre.

Avec Kadaria, nous décidâmes de nous cacher dans une grange pour la journée. Nous dormirions l'un après l'autre, alternant notre tour de veille.

— Je prends le premier quart, la galanterie oblige, dis-je à ma compagne d'infortune.

— Oublie la galanterie, protesta-t-elle. Tu ne t'es presque pas reposé ces derniers jours. Tu es crevé et ça se voit. Je monte la garde. Toi, va te coucher.

— Tu es sûre ?

— Ne me force pas à te frapper, plaisanta-t-elle – du moins, je l'espérai.

Elle avait raison, j'étais épuisé. À peine allongé, je m'endormis.

J'ouvris les yeux rapidement, comme si je venais de recevoir une petite décharge électrique. Non sans stupeur, je constatai que j'étais de retour dans la forêt des Brumes… sauf que j'étais à moitié immergé dans un lac !

Swanhilde, compris-je immédiatement.

– Bonjour, Prince, me salua-t-elle, apparaissant juste devant moi.

– Bonjour, la saluai-je à mon tour. Avez-vous quelque chose de plus à m'apprendre sur Alstec ?

– Oui. C'est la raison de ta présence ici, me dit-elle dans un murmure. Je sais comment trouver ce repère.

– Fantastique ! m'exclamai-je.

– Êtes-vous parvenus à Borhal avec ton amie ?

– Aujourd'hui même, confirmai-je.

– Bien. Écoute-moi attentivement. Au sud-est du royaume, non loin du territoire des Bazori, se trouvent des rochers. Les visualises-tu ?

– Il me semble que je vois de quoi vous parlez, oui.

– Il s'agit d'une grotte. Il existe une entrée, m'affirma la Brumeuse.

– En êtes-vous certaine ?

Je n'avais nul souvenir d'une cavité là-bas…

– Je l'ai vue à travers ses yeux, dit-elle. Va, Prince, et prends garde à toi. Ehuel est très puissant.

Déjà, elle paraissait sur le point de s'éloigner.

– Swanhilde, la retins-je, attendez ! S'il vous plaît.

– Qu'y a-t-il ? N'as-tu pas l'information que tu voulais ? me demanda-t-elle, surprise.

– Si, et je vous en remercie. Mais je m'interroge. Pourquoi nous aider ?

Je vis son regard s'assombrir.

– Vois-tu, Prince, quand je me suis réveillée un jour au beau milieu de ce lac, je me suis longuement questionnée, soupira-t-elle. Pourquoi étais-je là ? Comment y étais-je arrivée ? Où étaient mon frère et son mari ? Il m'a fallu plusieurs minutes avant de comprendre que j'étais morte...

— Je suis désolé, soufflai-je, mal à l'aise d'avoir amené le sujet.

— Alors, poursuivit-elle, sont venues d'autres interrogations. Où étaient ceux que j'aimais ? Où était mon bébé ? Pourquoi n'étais-je pas avec eux dans le Royaume Éternel ? Là où Rakael attend tous les Ailés...

— L'avez-vous découvert ? ne pus-je m'empêcher de lui demander, triste pour elle.

Elle continua son récit comme si je n'étais pas intervenu.

— Puis, la première âme est arrivée. Seule, perdue et meurtrie... Quand j'ai appris qui était son assassin, je n'ai pas voulu y croire, mais bien vite, d'autres âmes sont venues... Durant de nombreuses années, accueillir ces nouveaux esprits a été mon quotidien.

— N'y a-t-il ici que des victimes d'Ehuel ?

— Elles y sont toutes... me confirma-t-elle. Et j'ai longtemps cru que mon rôle était de les préparer à partir, mais je me trompais. Aucune n'est jamais sortie d'ici, et un jour, quelqu'un vainquit Ehuel. Pourtant, je n'ai pas cru un seul instant que tout était enfin fini. Au fond de mon être, je sentais qu'il était toujours en vie, là quelque part, et malgré l'absence de nouvelles âmes, je ne doutais pas de ce sentiment. Il m'est alors apparu la conviction que j'avais un autre rôle à jouer, que je n'étais pas là sans raison. Bien que je n'en ai jamais été sûre, reprit l'esprit, je pense avoir été choisie.

– Choisie ? répétai-je.

– Par notre Dieu, Rakael, pour arrêter mon beau-frère. Il devait croire que je détenais la solution.

Lui montrant la fiole que m'avait remise Arsinoé, j'ajoutai :

– Et vous la déteniez, effectivement.

– Et je l'ai trouvée, me corrigea-t-elle. Cela m'a pris plus que des années...

Je lui souris tristement.

– Maintenant, Prince, va. Va et vaincs-le. Ainsi, je pourrai enfin trouver le repos.

À peine eut-elle fini sa phrase qu'elle disparut de ma vue, me laissant seul au beau milieu de l'étendue d'eau.

Comme je regardais autour de moi pour chercher une sortie à ce que je savais être mon rêve, je tombai dans le lac ! Je me débattis, mais mes efforts furent vains. Je coulai toujours plus profondément...

Je m'éveillai en sursaut... et crachai de l'eau !

En m'affolant, je réveillai Kadaria.

– Blake ?

Avisant ma toux de noyé, elle s'inquiéta.

– Que t'arrive-t-il ?

– Bru... Brumeuse, parvins-je à articuler.

– Elle t'a fait du mal !? s'horrifia-t-elle.

– Non. Enfin... involontairement, précisai-je. La sortie de mon rêve ne fut pas des plus agréables...

– Je vois ça ! s'exclama-t-elle. As-tu appris quelque chose ?

Je hochai la tête, tentant de reprendre pleinement mes esprits.

– Eh bien, parle, je t'écoute, me pressa-t-elle.

– Une grotte, dis-je, près d'Izabor.

– Il n'y a aucune grotte à Izabor, objecta-t-elle.

– Pas à Izabor. Tout près, toujours dans la limite de Borhal, la corrigeai-je. L'entrée serait masquée d'après Swanhilde.

Réfléchissant quelques secondes, elle m'interrogea :

– Elle parlerait des rochers de fin de royaume ?

Beaucoup d'Ailés donnaient ce nom – « de fin de royaume » – aux éléments qui se dressaient contre « la barrière » : un champ de force que Rakael avait lui-même érigé. Il entourait tout le pays et s'élevait à douze mètres de hauteur, empêchant ainsi enfants, animaux et objets de chuter de notre lieu de vie.

– Je crois, oui, répondis-je.

– Qu'attendons-nous, allons-y !

– La nuit n'est pas encore tombée, protestai-je.

– Mais nous sommes si proches du but !

– Qui oublie d'être prudent maintenant ?

Elle pesta pour la forme, mais ne dit plus rien et patienta.

Enfin, le jour se couchait. Kadaria fut immédiatement prête à s'en aller. Je voyais l'impatience et la colère se disputer dans ses yeux et devinais qu'elle ne pensait plus qu'à sa vengeance. Il me faudrait veiller à ce qu'elle ne se laisse pas emporter par cette haine. Nous devions être prudents avant tout.

Après un bon quart d'heure de marche, nous arrivâmes à ce que les habitants nommaient « rochers de fin de royaume ». Ravis d'y être parvenus, nous nous

215

activâmes à trouver une quelconque entrée. En vain !

Kadaria jura et manqua de briser sa lance contre l'amas de roches.

— Calme-toi, lui demandai-je le plus doucement possible.

— Me calmer !? explosa-t-elle. Nous sommes proches de ce monstre mais bloqués par des putains de cailloux… et tu voudrais que je me calme !?

— Je comprends ce que tu ressens, tentai-je de l'apaiser, mais…

Elle ne me laissa pas le temps de finir ma phrase.

— Non, tu ne comprends pas ! Personne ne peut comprendre… Il a tué toute ma famille ! Ce n'était pas la meilleure des familles, j'en conviens. Mais je n'avais que celle-là… Je suis seule maintenant. Il ne me reste que ma vengeance !

Elle hurlait, presque hystérique.

Je devais la calmer. Non seulement, car elle aurait pu trahir notre présence, mais également parce que la voir dans cet état m'était insupportable.

Je m'approchai, mais elle recula, me menaçant de ses ailes. Je savais qu'elle ne me blesserait pas. Aussi, je continuai à avancer, mains en l'air pour lui faire comprendre que je n'avais pas l'intention de lui faire du mal. En cet instant, elle me faisait penser à un chaton apeuré. Lentement, je parvins à ses côtés et avec douceur, je lui pris les mains.

— Tu n'es pas seule, murmurai-je.

Cette phrase eut l'effet escompté. Elle se calma aussitôt, mais baissa les yeux.

— Je suis une Bazori, souffla-t-elle avec amertume.

– Tu es une Deskare, protestai-je.

– J'ai… j'ai tué des innocents…

– Pour une cause que tu pensais juste. Cela n'efface pas tout, nous le savons tous les deux. Mais tout le monde mérite une seconde chance.

Elle acquiesça, sans toutefois relever la tête. Un silence s'installa, que je n'osai briser.

Finalement, elle retira ses mains des miennes.

– Pour l'instant, dit-elle, je suis ton alliée. Mais que serai-je une fois que tout sera terminé ? Si Ehuel l'emporte, je serai morte… Mais si nous gagnons, que deviendrai-je ? m'interrogea-t-elle.

Alors que j'allais lui répondre, elle poursuivit :

– Une paria. Une criminelle. Un monstre…

– C'est faux, soufflai-je. Tu seras une héroïne. Celle qui a vaincu Ehuel. Celle qui établira la vérité sur les Bazori. Je suis sûr qu'ils te pardonneront, qu'ils apprendront à te connaître, et à t'apprécier… comme moi je l'ai fait, murmurai-je.

Elle releva la tête suite à ma confidence et me regarda dans les yeux, cherchant sans doute à y déceler un mensonge. Mais je disais la vérité. Kadaria avait pris une place importante dans ma vie depuis que nous étions devenus des alliés.

– Je fais peur aux autres, Petit Prince…

Sa voix n'était plus qu'un murmure où je percevais toute sa détresse.

Je m'approchai encore plus et, en faisant bien attention à ses ailes, je l'enlaçai. Je m'attendais à ce qu'elle me repousse, au vu de son caractère. Mais à la place, elle laissa sa tête reposer sur mon épaule, triste.

– Tu n'es pas seule, lui répétai-je. Et je ne te laisserai pas seule, ni maintenant ni jamais.

Une fois Kadaria apaisée, nous cherchâmes de nouveau à trouver l'entrée d'une quelconque grotte. Ces rochers ne semblaient pas en contenir ! La Deskare luttait pour rester calme, je le voyais bien. Je souhaitais l'aider, la réconforter, mais je ne savais comment faire. Je ne savais même pas si elle me considérait toujours comme un ennemi ou non. J'avais envie de croire que non, puisqu'elle m'avait permis de lire le journal de sa mère.

Pour ma part, je voyais en elle, non plus l'impitoyable Fleur du Chaos, mais une personne fragile et blessée par bien des aspects. Une personne avec un cœur bon, mais qui semblait encore l'ignorer. Ce n'était plus une ennemie pour moi, et j'étais tenté de penser qu'elle ne l'avait jamais vraiment été. Je l'appréciais désormais réellement et j'étais prêt à me battre pour elle s'il le fallait.

– Blake ? m'interpella-t-elle soudain, me tirant de mes réflexions.

Je vins vers elle. Elle me pointa alors la roche du doigt.

Tout d'abord, je ne vis rien. Mais ensuite, je m'en aperçus. Un léger tremblement la parcourait. Tellement léger qu'il était presque invisible à l'œil nu.

– Qu'est-ce que cela ? soufflai-je, étonné.

– Cachons-nous ! m'ordonna presque Kadaria.

Je la suivis, mais ne pus m'empêcher de l'interroger, tant je percevais de l'anxiété dans sa voix.

– Que crains-tu ?

– J'ai un très mauvais pressentiment, m'avoua-t-elle.

Je lui fis confiance. Le spectacle que nous vîmes ensuite nous laissa muets : une fumée pratiquement transparente recouvrit les rochers. Et comme par enchantement, Ehuel en sortit.

– C'est maintenant ou jamais, dis-je à ma compagne.

Elle acquiesça et nous invoquâmes nos armes, fonçant déjà sur le déchu.

Pourtant, il n'y eut jamais de combat…

Ehuel se tourna vers nous, l'air surpris mais surtout, agacé. Levant son bras droit – strié de tatouages étranges – il nous immobilisa ! J'étais incapable de faire le moindre mouvement.

Cela me terrifia.

Nous maintenant dans les airs, l'Okar nous déclara, d'une voix dure :

– Je n'ai pas le temps de jouer…

D'un simple geste de la main, il nous envoya valser contre les rochers. Je les percutai de plein fouet et me rouvris une blessure plus ancienne, à l'épaule. Avec tout ce qui était arrivé, je n'avais pas pris de pause pour la soigner correctement après mon combat avec Kadaria. Néanmoins, maintenant, je le regrettais. La douleur était atroce !

Ehuel fit apparaître des cordages qui s'enroulèrent autour de nous, nous maintenant prisonniers. Il nous avait eus en moins d'une minute !

Nous ne sommes pas de taille, songeai-je amèrement. Je n'avais même pas eu le temps d'utiliser le contenu de la fiole remise par Swanhilde. J'avais lamentablement échoué…

– Je reviendrai m'occuper de vous plus tard, promit le déchu, nous offrant un sourire sinistre.

À peine eut-il prononcé ces mots que déjà, il se trouvait loin. Je tentai alors de créer une boule de flamme pour me libérer de mes liens. Ma magie était bloquée ! Le fourbe avait tout prévu.

Je soupirai, désespéré et ayant de plus en plus mal à l'épaule, lorsque j'entendis Kadaria ricaner.

– Tu trouves que notre situation est drôle ? m'horrifiai-je.

– Des cordes, Blake, des cordes !

– Qui entravent la magie !

Elle rit encore plus, me regardant comme si j'étais un abruti. Puis, elle se débarrassa de ses liens à l'aide de ses ailes et je me sentis réellement un abruti… Mais comment avais-je pu oublier ses ailes tranchantes ? Et surtout, comment Ehuel avait-il pu commettre une erreur pareille ? Peu importe, je n'allais pas m'en plaindre !

Mon amie me délivra également et je ris à mon tour, tentant de ne pas penser à mon mal. Ce n'était pas le moment de s'en soucier. Il ne nous restait plus qu'à découvrir le moyen de pénétrer dans le repère du monstre.

Alors que je tâtonnais les pierres à la recherche d'une quelconque ouverture, Kadaria s'exclama :

– Je pense que j'ai trouvé !

– Vraiment ? me réjouis-je.

– Oui ! Ehuel a sans doute usé d'une magie d'illusion. En toute logique, si nous nous convainquons qu'il y a une entrée, elle apparaîtra. Il suffit de vaincre l'illusion.

– Cela me semble bien trop facile, lui fis-je remarquer.

– Pourquoi faudrait-il que tout soit compliqué ? me rétorqua-t-elle.

– Bien, cédai-je.

Nous tentâmes sa technique. Après tout, ça ne nous coûtait rien d'essayer. Je demeurais toutefois sceptique.

Comme je m'y attendais, il ne se produisit rien.

– Tu vois, ça ne pouvait pas être si simple…

– Tu n'y croyais pas, me reprocha-t-elle.

– Kadaria…

Je cherchai mes mots pour lui expliquer calmement mon point de vue. Je savais qu'elle pouvait s'emporter très vite.

– Recommençons ! décida-t-elle. Mais cette fois-ci, mets-y tout ton cœur. Tu dois y croire de toutes tes forces pour que ça marche.

Comme pour me convaincre, elle ajouta un petit « s'il te plaît », agrémenté d'un regard suppliant. Je ne sus lui résister et acceptai. Elle me sourit et cela suffit à me rendre heureux.

Me concentrant, je tentai de toutes mes forces d'imaginer une ouverture au beau milieu de ces rochers. Mes pensées ne cessaient de revenir à mon épaule blessée. Je devais l'oublier un moment. Il fallait que je me persuade qu'une entrée existait bel et bien ! Comme si cela pouvait donner de la force à ma conviction, je fermai les yeux, me répétant que la grotte se trouvait là, devant moi.

Quelle ne fut pas ma surprise lorsqu'en ouvrant mes paupières, je vis un tunnel dans la roche.

– On a réussi ! s'enthousiasma mon amie. Je savais qu'on pouvait le faire, Petit Prince ! me nargua-t-elle légèrement.

– Et c'est grâce à toi, lui concédai-je volontiers, ne répliquant même pas au surnom donné.

Riant, comme pour laisser échapper toute la tristesse qu'elle avait accumulée plus tôt, elle me prit la main et m'entraîna à sa suite. Je la suivis, ayant le mince espoir de retrouver Mère à l'intérieur d'Alstec. J'étais confiant et rassuré, parce que je savais que nous ne risquions pas de tomber sur Ehuel. Mais il ne fallait pas tarder pour autant. Il pouvait revenir à tout moment et j'étais convaincu qu'il n'apprécierait pas de voir que ses prisonniers lui avaient faussé compagnie.

De l'extérieur, le tunnel avait l'air long, mais ce n'était là qu'une illusion de plus. Bientôt, nous nous retrouvâmes au pied d'un immense château. Nous n'en crûmes pas nos yeux. Alstec était un domaine… gigantesque ! Ça allait nous prendre des heures pour tout fouiller…

Tout à coup, alors que je m'avançais vers le pont-levis, la douleur à mon épaule me lança de nouveau. Je ne parvins pas la masquer immédiatement.

– Blake ? Tout va bien ? m'interrogea Kadaria, d'une voix soudainement inquiète.

– Rien de grave, tentai-je de la rassurer.

Ce n'était pas une blessure qui allait m'arrêter. Il fallait que je me concentre sur mon objectif, rien de plus.

– Tu mens, m'accusa-t-elle, l'air en colère. Qu'y a-t-il ?

Soupirant, je lui répondis :

– Une entaille. À l'épaule. Mais ce n'est rien.

– Montre-la-moi, m'ordonna-t-elle.

– Ce n'est pas la peine, je t'assure, tentai-je une nouvelle fois.

– Montre, répéta-t-elle, beaucoup plus sèchement.

N'ayant pas d'autre choix, je me dénudai l'épaule et lui montrai ma plaie. Ses yeux s'écarquillèrent en la voyant.

– Pourquoi n'avoir rien dit ? Tu n'es qu'un idiot ! s'écria-t-elle.

– Il y avait plus urgent, tu ne crois pas ?

– Alors, c'est ça ton excuse ? « Ce n'était pas le plus urgent » !?

– Calme-toi, l'implorai-je devant sa colère. Je voulais juste éviter…

– Éviter quoi ? m'interrompit-elle. Tu ne pensais tout de même pas être capable de te battre avec cette blessure ?

– Je…

– Et je te signale que tu m'as fait une promesse ! Tu m'as juré de ne jamais me laisser seule !

– Je ne suis pas encore mort, tentai-je de rire, désirant à tout prix l'apaiser.

J'étais étonné de la voir tant en colère.

– Mais tu le seras vite si tu fais fi de tes plaies, Petit Prince !

Son inquiétude me toucha plus que je ne voulus bien l'admettre et je ne sus que lui répondre.

– Tu… Je suis désolé, finis-je par dire.

Elle sembla se calmer quelque peu, mais une étincelle de rage dansait toujours dans ses yeux.

– Encore heureux que tu sois désolé ! tempêta-t-elle.

Fulminant de colère, elle me donnait presque envie de me terrer dans un trou. Mais enfin, elle parut s'apaiser.

– Tu as mal ? me demanda-t-elle plus délicatement.

Je choisis de ne pas lui mentir une nouvelle fois.

– Assez, oui.

Elle me lança un regard plein de reproches.

– Ne bouge pas, m'ordonna-t-elle ensuite.

Avec une douceur insoupçonnée, Kadaria prit mon visage entre ses mains et ferma ses yeux. Je la regardai, intrigué. Presque immédiatement, je sentis un frisson glacé me traverser les joues, descendre le long de mon cou et se diriger vers mon épaule. Bien que très froid, ce frisson était étrangement agréable. Je ne ressentis rapidement plus aucune douleur et l'impression de fraîcheur se dissipa.

– C'est fini, déclara Kadaria en me lâchant.

Je regardai mon épaule, puis la dévisageai. La blessure avait disparu ! Il n'en restait plus aucune trace.

– Que… Comment ? m'étonnai-je.

– Je n'en sais rien. Je suis capable de faire ce genre de choses depuis toute petite, me confia-t-elle, rosissant légèrement.

– Comment s'appelle ce don ?

– Aucune idée. J'étais la seule à l'avoir au manoir. D'ordinaire, je ne l'utilise que sur moi.

– C'est un pouvoir fabuleux que tu as là. Et… merci.

– Que tu n'en profites pas pour foncer tête baissée vers le danger ! me menaça-t-elle.

Souriant, je lui promis d'être prudent, à condition

qu'elle en fasse tout autant. Ce qu'elle accepta.

Avançant encore un peu, nous arrivâmes rapidement devant l'entrée du palais.

– Prête ? demandai-je à mon amie.

– Prête, me confirma-t-elle.

Ensemble, nous pénétrâmes à l'intérieur. À notre plus grand étonnement, nous nous retrouvâmes dans un étroit couloir. Il était très long, mais nous pouvions tout de même apercevoir une porte à son extrémité

– Tu penses que l'immense palais n'est qu'une illusion, lui aussi ? me demanda Kadaria.

– Je suppose… Je n'en sais trop rien, avouai-je. Avec Ehuel, il faut s'attendre à tout.

Ma compagne acquiesça.

Bientôt, nous nous rendîmes compte que plus nous avancions, plus la porte s'éloignait.

– C'est impossible ! maugréa la Deskare.

– À trois, on court, proposai-je.

– Un, commença-t-elle le décompte.

– Deux, poursuivis-je.

– Trois, criâmes-nous à l'unisson, nous mettant à courir.

Notre course fut bien inutile… La porte s'éloignait toujours plus. Furieuse, Kadaria se laissa tomber sur le sol. M'asseyant à ses côtés, je réfléchis. Et j'eus une idée.

– Reculons au lieu d'avancer ! m'exclamai-je.

– Quoi ? s'étonna mon alliée.

– Fais-moi confiance, l'implorai-je.

Opinant, elle se releva et fit ce que je lui demandais. Non sans joie, nous constatâmes que cela fonctionnait.

Plus nous reculions et plus la porte s'approchait.

– Tu es un génie ! proclama l'ex-Bazori.

– Heureux que tu le reconnaisses enfin, plaisantai-je.

Cette remarque me valut une petite tape sur le bras, mais eut au moins le mérite de la faire sourire sincèrement.

Avec soulagement, nous atteignîmes enfin l'issue de cet interminable corridor.

– À toi l'honneur, déclara Kadaria en fixant la poignée.

Lentement, j'avançai ma main, craignant un quelconque piège. Toutefois, la porte s'ouvrit sans encombre et nous nous y aventurâmes, pénétrant dans une… salle de bal ?

Pendant quelques instants, nous restâmes immobiles, sans voix et les yeux écarquillés. Nous n'en revenions pas du spectacle qui s'offrait à nous.

Semblant faite de cristal, la pièce vibrait d'une musique lente qui avait quelque chose de terrifiant. Quelque chose qui résonnait en nous et nous clouait sur place.

Toutefois, le plus mystérieux dans cette salle restait sans doute ses occupants. Des Okars. Il y en avait tellement qu'il m'était impossible de les dénombrer. Je ne savais pas comment c'était possible, mais ils ne marchaient ni ne volaient. Ils dansaient par deux, soulevés dans les airs par une force invisible.

Leurs costumes aussi étaient étranges. Je n'en avais jamais vu de semblables au royaume. D'un blanc éclatant, s'accordant avec la pièce, ils paraissaient être faits de neige ! Il nous était interdit de voir le visage de ces plumes-blanches, car un loup les masquait.

Tournant la tête vers Kadaria, je constatai qu'elle semblait tout aussi perplexe que moi. Avec une crainte inexplicable montant en nous, nous avançâmes, nous demandant si ces surprenants Ailés étaient des ennemis ou non. Ils ne parurent même pas remarquer notre présence.

Quel curieux endroit, ne pus-je que penser.

– Tu crois qu'ils sont vivants ? me questionna la Fleur du Chaos.

– Ça m'en a tout l'air, répondis-je, tout de même un peu inquiet.

Intriguée, elle s'approcha d'un de ces étranges couples.

– Kadaria, non ! tentai-je de l'en empêcher.

– Tu vois bien qu'ils sont inoffensifs, me rétorqua-t-elle.

– C'est peut-être un piège…

– Tout comme ça peut éventuellement être des victimes d'Ehuel.

– Aux dernières nouvelles, il ne s'en prend qu'aux Deskars, lui fis-je remarquer.

– Peut-être qu'ils sont des Deskars. Ça pourrait être une illusion de plus.

J'avoue que je n'y avais pas songé. Pourtant, c'était là une hypothèse des plus plausibles. Tout de même méfiant, je la laissai s'approcher. S'éclaircissant d'abord la gorge, elle interpella le couple de danseurs le plus proches, mais il ne sembla même pas l'entendre. Elle les appela à trois reprises, sans plus de résultats.

Finalement, elle attrapa un Okar par le bras. Aussitôt,

son apparence changea.

Surprise, Kadaria recula tandis que le danseur se métamorphosait en un plume-noire que le royaume n'avait que trop connu : Vastoch ! Il était pâle et une haine féroce se lut dans ses yeux lorsqu'il se tourna vers sa fille, tétanisée par son apparition.

– Pourquoi nous as-tu abandonnés ce jour-là ? lui cracha-t-il au visage.

Pétrifiée, la Deskare ne sut que bafouiller.

– Je… je n'ai pas…

– Pourquoi !? répéta Vastoch.

Si c'était bien lui…

– Je…

– Tu nous as trahis !

Ce disant, il s'avança, menaçant, comme prêt à l'étrangler. Immédiatement, je fus à ses côtés, prêt à me battre.

– Créature abjecte, tu n'es qu'une aberration de la nature. Tu n'as jamais été ma fille ! lui hurla la chose.

– Ne l'écoute pas, murmurai-je. Ce n'est pas ton père.

– Tu n'aurais jamais dû naître, continua le faux Vastoch.

Kadaria semblait sur le point de s'écrouler. Je ne savais que faire pour l'aider.

Puis, subitement, la chose se désintégra sous nos yeux. Sous le choc, je ne sus que faire tandis que mon amie s'effondrait sur le sol. M'asseyant à son côté, je lui demandai :

– Ça va ?

– Comment veux-tu que ça aille !? m'agressa-t-elle.

Ne sachant que répondre, je la pris contre moi et la

berçai doucement.

– Tu n'es pas un monstre, rentre-toi bien ça dans la tête, lui susurrai-je. Tu es une Deskare étonnante, c'est vrai, mais tu n'es pas une erreur. Tu as des ailes incroyables, un don de guérison prodigieux et surtout, tu as bon cœur, même si tu ne veux pas toujours le montrer. Où est le monstre là-dedans ?

Se calmant peu à peu, elle leva les yeux vers moi et me déclara :

– J'aimerais pouvoir me voir comme toi tu me vois…

– Il te suffit de regarder celle que tu es vraiment, soufflai-je. Ces Okars ne sont que des illusions, comme tout le reste, affirmai-je. Ils ne peuvent dire la vérité. Je suis persuadé qu'il nous suffit de traverser la salle sans les toucher pour qu'ils disparaissent.

Elle hocha la tête. Comme je la relâchais, elle posa brièvement ses lèvres sur ma joue.

– Merci, murmura-t-elle.

Sous le coup de la surprise, je fus incapable de lui répondre ne serait-ce qu'un simple « de rien » et me contentai de la dévisager, ahuri. Détournant bien vite les yeux, elle se mit à avancer. Je la suivis rapidement, prenant garde à ne toucher aucun des danseurs.

Plus nous progressions et plus le nombre d'Okars semblait croître. Il nous fut bientôt impossible de ne pas en effleurer certains. Heureusement, nous pouvions compter l'un sur l'autre. Sans Kadaria, je pense sincèrement que je n'aurais jamais pu continuer à avancer lorsque Mère apparut devant moi, me reprochant de l'avoir laissée seule au palais. Ce fut pour moi une épreuve terrible et je redoublai d'attention en me dirigeant vers la sortie.

Finalement et avec peine, nous atteignîmes l'autre bout de la salle et nous nous empressâmes de sortir de là. Quelle ne fut pas notre surprise d'arriver dans un jardin.

– Encore une illusion ? m'interrogea la Deskare.

– Je présume…

Prudemment, craignant un nouveau piège, nous avançâmes. Rien. Cet endroit n'était rien de plus que ce qu'il semblait être : un jardin.

– C'est une blague ? pouffa nerveusement mon amie.

Je ne répondis pas. Il n'y avait rien à dire. Continuant à aller de l'avant, nous aperçûmes une barrière au loin.

– Je suppose qu'il nous suffit de la franchir, déclarai-je, même si ça me paraît bien trop simple…

– Ne nous en plaignons pas.

Malgré tout, je restai ombrageux. Qui sait ce qui pouvait nous tomber dessus ? Pourtant, il ne se passa rien. Nous pûmes atteindre la clôture sans encombre.

– Étrange, m'entendis-je murmurer.

Kadaria soupira devant tant de méfiance et voulut ouvrir la barrière. Elle n'y arriva pas.

– Merde ! pesta-t-elle.

À mon tour, j'essayai de l'entrebâiller, mais une fois encore, elle ne céda pas.

– Finalement, tu avais raison, souffla la Deskare. C'était trop beau pour être vrai.

Je soufflai également et réfléchis. Soudain, mon regard fut happé par une inscription. J'aurais juré qu'elle ne se trouvait pas là quelques instants plus tôt !

– Regarde, m'exclamai-je. Il y a quelque chose

d'écrit, juste là.

Me penchant, je pus déchiffrer ces quelques mots :

« Au cœur d'Alstec, nulle arme au poing.
Seul le courage détermine le destin. »

Je les lus à Kadaria.

– Nulle arme au poing ?

– Je suppose que cela signifie qu'il nous faut laisser nos armes ici pour pouvoir entrer, dis-je.

– Mais quelle merveilleuse idée…

– Je crains que nous n'ayons pas le choix.

– Nous ne pouvons pas nous délaisser de nos armes ! s'écria-t-elle.

– Si tu vois un autre moyen de continuer notre chemin, je suis tout ouïe.

Elle pesta une fois de plus et, invoquant sa lance, elle tenta de démolir la clôture. En vain. Je la laissai s'acharner quelques minutes, puis n'y tenant plus, je la priai d'abandonner.

– Kadaria, arrête.

– Non !

– Ça ne sert à rien, tu le vois bien…

Même si je le fis à contrecœur, je fis apparaître mon épée et la déposai dans l'herbe. Regardant Kadaria, j'attendis qu'elle en fasse de même.

Avec un soupir de fin du monde, elle jeta sa lance double rageusement et essaya une fois de plus d'ouvrir la barrière. Celle-ci ne céda pas.

– Tu vois bien, ça ne change rien ! grommela-t-elle, prête à récupérer sa lance.

– Il faut se débarrasser de toutes ses armes, insinuai-je, sachant qu'elle possédait également un poignard.

De mauvaise grâce et me jetant un regard noir, elle invoqua sa deuxième arme et la laissa tomber dans l'herbe.

– Si je ne les récupère pas, je te tue ! me menaça-t-elle, furieuse.

Je soufflai et m'avançai vers la clôture. Je n'eus même pas besoin de la toucher pour qu'elle s'ouvre. Je la franchis, suivi de près par mon amie.

Nous fûmes immédiatement transportés dans ce qui semblait être un immense cachot. Je ne me souciai toutefois pas du décor, mais plutôt de ce qui se trouvait en face de mes yeux.

– Mère ! m'écriai-je en fonçant vers elle.

Elle était enchaînée contre le mur et me parut être à bout de forces. Mais au moins, elle était en vie !

– Blake… attention, articula-t-elle faiblement.

Je n'eus que le temps de me retourner avant que l'affreuse créature d'Ehuel ne soit sur moi ! Je me débattis aussitôt, tentant d'éviter griffes et crocs. Paniqué, je ne songeai d'abord pas à mon pouvoir sur le feu. Je ne dus ma survie qu'aux ailes de Kadaria ! Celle-ci parvint à toucher le monstre, qui porta alors toute son attention sur elle.

Enfin, je me ressaisis. Créant boules de feu sur boules de feu, je bombardai l'abomination. Mais elle était trop rapide ! Il m'était difficile de la toucher.

De son côté, Kadaria luttait avec ses ailes pour seule arme. Nous concentrant pour coordonner nos attaques, nous arrivâmes à effrayer la créature et à l'agglutiner dans un coin de la pièce. Malgré tout, elle se battait toujours férocement. À deux reprises, elle parvint à m'atteindre. Une fois au flanc, l'autre à la jambe. Je sentais mes forces décliner, mes blessures me faisaient souffrir, mais je refusais d'abandonner la bataille. Notre survie en dépendait, mon peuple en dépendait !

Puisant dans les forces qu'il me restait, j'essayai de créer quelque chose que je n'avais encore jamais tenté de faire : une épée de flammes. Je dus m'y prendre à plusieurs fois, mais enfin, je parvins à lui donner forme. Immédiatement, je fonçai sur le monstre et l'attaquai, aidé de Kadaria.

Enfin, la créature parut s'affaiblir !

Dans un geste de désespoir, je réussis à lui plonger mon épée de fortune dans le corps. La chose hurla et se débattit, mais en vain. Grâce à ses ailes, mon alliée arrivait à l'empêcher de se déplacer. Le deuxième coup d'épée lui fut fatal. Le monstre poussa un cri qui résonne parfois encore en moi, me faisant frissonner. Puis, agonisant, il ne fut bientôt plus qu'une flaque de sang sur le sol.

– Beurk, s'exclama la Deskare. Mais qu'est-ce que c'était exactement ?

– Je n'en ai pas la moindre idée, répondis-je en reprenant mon souffle.

– Blake ! s'écria Mère.

L'horreur était bien perceptible dans sa voix.

Courant vers elle, je la délivrai de ses liens et la serrai dans mes bras, heureux. M'enlaçant à son tour, elle prit la parole.

– Le royaume…

– Je sais, la coupai-je.

Il ne fallait pas qu'elle perde plus de forces.

– Et Ehuel, il…

– A pris le pouvoir.

– Il est en route pour le palais. Il était certain que tu viendrais… et elle aussi, annonça-t-elle en pointant Kadaria. Il était certain que tu chercherais à me sauver. Dès qu'il a capté votre présence, il a dressé ses pièges et ordonné à sa créature de vous tuer, sanglota-t-elle.

– Depuis le début, c'était un guet-apens, pesta mon amie. Il savait que nous briserions nos liens, il l'a fait exprès ! Le fumier ! s'écria-t-elle.

Un léger silence s'installa, troublant. Nous nous étions fait avoir comme des bleus. Nous avions sous-estimé Ehuel et le vaincre nous apparaissait presque impossible. Toutefois, il le fallait. Et nous avions terrassé sa créature, ce qui était déjà une victoire en soi, il ne fallait pas l'oublier.

Semblant reprendre ses esprits, Mère regarda fixement la Fleur du Chaos.

– J'ai cru comprendre que vous étiez avec nous, lui dit-elle.

– Oui, Majesté, baissa-t-elle les yeux.

Elle était mal à l'aise, je le voyais bien. Aussi, la pris-je par la main et déclarai-je :

– Mère, je vous présente Kadaria, la dernière des Bazori et une incroyable soigneuse.

Blake Dasaraël

Arsinoé

Cela faisait maintenant plusieurs jours qu'Azilis et moi vivions cachées dans les royaumes Terrestres, chez une amie de mon frère : Alice.

Celle-ci ne ressemblait en rien aux humains que l'on m'avait décrits. Pas le moins du monde barbare ou sans cœur, elle était douce et se souciait toujours de ma santé.

S'il n'y avait eu l'angoisse constante d'apprendre que Mère et Blake étaient morts et de savoir qu'Ehuel régnait sur Khalitekla, je pense réellement que j'aurais apprécié habiter chez elle. Je me serais sans doute également bien plus intéressée aux coutumes des Hommes.

Mais avec tout ce qu'il se passait, avec toutes ces choses qui me préoccupaient, je n'en avais tout simplement pas l'envie ni le courage…

Un après-midi, alors que j'étais montée m'allonger un peu, Azilis me rejoignit dans la chambre que nous partagions et me surprit en train de marmonner.

– Arsinoé ? m'interpella-t-elle.

N'ayant pas senti sa présence, je sursautai.

– Oui ?

– Désolée, s'excusa-t-elle, je ne voulais pas t'effrayer. Que faisais-tu ? Je t'ai entendue parler dans le vide.

– Je priais Rakael, lui expliquai-je timidement.

C'était une habitude que j'avais perdue avec le temps. Malgré toutes mes prières, je n'avais jamais retrouvé la santé. Mais que pouvais-je faire d'autre pour aider Blake ? Probablement rien…

– Tu es inquiète, me déclara-t-elle.

Pour toute réponse, je lui souris tristement. Évidemment que je l'étais.

– Moi aussi, me souffla-t-elle.

– Vraiment ?

Son visage n'exprimait pourtant aucune crainte, comme si elle ne doutait jamais de rien.

– Bien sûr… Lutter contre les Bazori ou lutter contre Ehuel, ce n'est pas la même chose. Les Bazori ne maîtrisaient pas la magie noire.

Je soupirai, encore plus inquiète. Elle avait entièrement raison, fus-je forcée de constater.

– Blake a-t-il une chance de le vaincre ? la questionnai-je alors.

– Ton frère est très fort, affirma-t-elle, c'est à ne pas en douter. Contrairement au déchu, il n'est pas seul. Kadaria est très puissante. Et j'ai confiance en elle. Je pense qu'unis, ils sont plus redoutables que lui, me sourit-elle.

Mais je vis bien que son sourire était un peu forcé. Croyait-elle réellement en ses paroles ?

– Tu le penses vraiment ?

Elle acquiesça.

– Je suis même persuadée qu'ils ne tarderont pas à libérer la Reine, tenta-t-elle de me convaincre.

– Je l'espère…

Malgré ces mots qui se voulaient encourageants, je restais pessimiste. Je n'arrivais pas à imaginer Ehuel vaincu. De plus, comment Kadaria et Blake pouvaient-ils délivrer Mère ? Ils ne savaient même pas où la chercher… Tout me semblait déjà perdu d'avance.

– Tu devrais dormir, me dit-elle ensuite. Tu as besoin de reprendre des forces. À t'inquiéter sans arrêt, tu t'épuises deux fois plus vite.

J'acquiesçai à contrecœur. Une fois encore, elle avait raison, je le savais. Même si je ne le voulais pas, j'étais bel et bien malade et rester éveillée ne m'aiderait en rien. Je détestais toutefois profiter de l'hospitalité d'Alice, alors que chez moi, ma famille était en guerre. J'aurais tant voulu pouvoir me battre à ses côtés et montrer à mon peuple que j'étais là pour lui. J'avais l'impression que je n'étais pas digne d'être la Princesse de Khalitekla si je ne pouvais pas en protéger les habitants. Je me sentais lâche et pourtant, je n'avais pas d'autres choix. Je n'aurais été qu'un poids pour mon frère si je l'avais accompagné. Je devais attendre ici, même si ça me déplaisait.

Aussi, quand la Deskare redescendit, je me glissai entre les draps, en faisant bien attention à mes ailes déjà fragiles, et priai une fois de plus Rakael, avec le sentiment que je le faisais en vain. Puis, difficilement, je m'endormis.

Une impression de froid me fit ouvrir les yeux. Je me

trouvais de nouveau dans la forêt des Brumes, proche du lac. Je sus immédiatement ce que je devais faire et n'hésitai pas un seul instant avant d'entrer dans l'eau. Swanhilde devait m'y attendre, j'en étais convaincue. Et j'avais vu juste.

– Bonjour, me salua-t-elle une fois que je fus arrivée au milieu de l'étendue d'eau.

– Bonjour, fis-je à mon tour.

– Je suis contente de te voir, me dit-elle en souriant.

– Savez-vous si mon frère…

– Il va bien, m'interrompit-elle, ne s'offensant heureusement pas de mon manque de politesse.

Je ne pus m'empêcher de soupirer de soulagement.

– En ce moment même, il est en route pour Alstec.

– Le repère d'Ehuel, vous avez pu le localiser ? m'enquis-je.

– En effet.

L'affrontement avec le déchu n'était donc plus très loin, songeai-je nerveusement.

– Mais ce n'est pas pour cela que je suis venue à toi.

– Oh ? fis-je, surprise.

Je pensais sincèrement qu'elle n'aurait plus besoin de moi une fois la fiole remise à Blake. Je croyais même qu'elle ne viendrait plus à moi.

Visiblement, je me trompais. Mais en quoi pouvais-je encore lui être utile ? Je ne me trouvais même plus au royaume…

– Je dois te parler du mal qui te ronge, me déclara-t-elle.

– Vous savez de quoi il s'agit !? m'écriai-je, sous le choc.

– Je le pense, oui.

Était-ce possible ? Allais-je enfin être informée de ce que j'avais ?

Dans ma tête, les questions ne cessaient d'affluer : était-ce grave ? Aurait-elle un remède ? Aucun guérisseur du royaume, mage ou non, n'avait pourtant réussi à trouver ce dont je souffrais !

Comme j'allais la prier de m'en dire plus, impatiente de savoir, je me sentis soudainement tirée en arrière par une force inconnue. Non !

Peu à peu, je m'éloignai de Swanhilde… J'eus beau me débattre, je reculai toujours plus.

Ouvrant les yeux, je fis face à Max. Tout sourire, celui-ci agita sa petite main devant moi pour me saluer.

– Coucou, me forçai-je à lui répondre gentiment, voulant à tout prix rester calme.

Des années que j'attendais de connaître la cause de mon mal et il avait fallu que ce petit me réveille lorsque j'allais enfin savoir !

– Tu es éveillée, entendis-je ensuite.

Azilis. Elle se tenait juste derrière l'enfant.

– Oui, grommelai-je.

La Deskare me regarda étrangement, mais ne fit aucun commentaire. Tant mieux. Je ne voulais pas m'énerver devant Max. Ce n'était pas de sa faute s'il m'avait réveillée au mauvais moment… Il ne pouvait pas le deviner.

– Le repas est prêt, m'annonça Azilis. Nous venions te chercher.

– J'arrive.

Alors qu'elle partait déjà avec Max, je sortis du lit, chancelant quelque peu. Saleté de maladie ! Je savais cependant que j'étais capable d'être plus forte qu'elle. J'aimais me persuader que ce n'était qu'une question de volonté.

Avec lenteur, je descendis les escaliers et rejoignis les autres dans la salle à manger. Comme toujours, Alice se montra une hôte remarquable et le fumet de ses petits plats m'embauma immédiatement les narines. Peut-être ce repas allait-il réussir à me sortir momentanément les paroles de la Brumeuse de la tête ? Je l'espérai sincèrement.

Mais au beau milieu du dîner, je dus me rendre à l'évidence. Je ne serais pas tranquille tant que je ne serais pas remontée me coucher. J'avais besoin de savoir ce qu'avait été sur le point de me confier Swanhilde. Il fallait que je sache ! Mais encore fallait-il que la Brumeuse me recontacte… Une fois de plus, je me surpris à prier Rakael.

– Arsinoé ? m'appela Alice.

– Oui ?

– Est-ce que ça va ?

– Ou… oui, balbutiai-je.

– Tu es sûre ? enchérit Azilis. Tu n'as pas vraiment l'air dans ton assiette.

– Un rêve étrange, ce n'est rien, leur affirmai-je.

Comme je l'avais espéré, cette phrase tranquillisa notre hôte tout en alertant la Deskare que j'avais revu Swanhilde. Discrètement, elle me fit comprendre que nous en reparlerions plus tard…

Après avoir souhaité une bonne nuit à Alice, je montai au grenier avec Azilis. Une fois que nous fûmes en haut, elle referma la porte de notre chambre et se tourna vers moi.

– Des nouvelles de la Brumeuse ? m'interrogea-t-elle de but en blanc.

Je hochai la tête. Je ne savais pas encore comment lui annoncer que j'avais été sur le point d'en savoir plus sur ma maladie. Au bout de quelques instants, je choisis de lui dire de façon directe.

– Elle pense connaître la cause de mon mal, déclarai-je.

À ces mots, une expression de stupeur se colla sur son visage. Elle ne s'attendait visiblement pas à ce genre de nouvelles.

– Mais j'ai été réveillée avant de pouvoirs entendre ses explications, lui appris-je avant qu'elle n'ait le temps de m'interroger.

– Max ? me questionna-t-elle, un sourcil levé.

J'acquiesçai.

– Je comprends mieux pourquoi tu semblais si songeuse, me dit-elle pendant que je lui souriais timidement. Je ne vois qu'une chose à faire : t'endormir le plus rapidement possible et espérer recontacter la Brumeuse !

J'acquiesçai, mais une petite part de moi-même me souffla perfidement que je ne m'endormirais pas de sitôt, nerveuse comme je l'étais.

Elle avait entièrement raison : je ne sus combien de fois je me retournai en vain dans mon lit avant que Morphée ne me tende les bras…

Avec joie, je vis apparaître Swanhilde en face de moi. J'étais à nouveau dans son antre !

– Je suis navrée de ne pas avoir pu maintenir la connexion plus longtemps, la dernière fois, s'excusa-t-elle d'emblée.

– Ce n'est rien. Je ne devrais plus me faire réveiller, lui déclarai-je en souriant.

À son tour, la Brumeuse me sourit.

– Pouvez-vous me dire de quoi je souffre ? demandai-je assez précipitamment.

Elle acquiesça et je sentis le soulagement m'envahir. J'allais enfin savoir.

– Vois-tu, Princesse, bien que la plupart des Ailés l'ignorent, la couleur des plumes d'un nouveau-né, tout comme celle de ses yeux ou de ses cheveux, dépend en fait de ses gènes.

– Des gènes ? répétai-je, surprise.

À nouveau, elle acquiesça à ma question.

– En effet, poursuivit-elle. Dans de très rares cas, il arrive que les gènes « plumes blanches » et « plumes noires » soient tous les deux dominants. En général, lorsque cela advient, c'est sans conséquence. Il n'y a rien d'important. Comme ce fut le cas pour ton frère, précisa-t-elle.

– Blake !? m'écriai-je.

– Ne t'es-tu jamais demandé pourquoi une plume noire se trouvait dans ses ailes pourtant si blanches ?

– Oh…

Étrangement, cela ne m'avait jamais réellement choquée.

Mais cela n'expliquait pas pourquoi j'étais dans cet état… Si j'étais concernée par cette histoire de gènes dominants, ne devais-je tout simplement pas avoir une ou plusieurs plumes blanches dans mes ailes ? Et pourquoi ces dernières étaient-elles grises et vrillées ? Qu'est-ce qui justifiait ma faiblesse ?

Voyant mon air étonné, Swanhilde s'empressa de poursuivre :

– Mais toi, me dit-elle, tu es un cas particulier.

– Je ne comprends pas...

– Rassure-toi, ce n'est pas aussi compliqué que ça en a l'air. Chez toi, la dominance de ces gènes ne s'est pas exprimée par un petit détail, car elle cherche toujours à s'exprimer.

Mais où voulait-elle en venir ?

– Déjà avant ta naissance, ces deux gènes se « battaient » pour se manifester, pour pouvoir définir l'Ailée que tu es, m'expliqua-t-elle d'une voix très calme, comme cherchant à me tranquilliser. C'est pour cela que tes ailes sont grises. Tu n'es pas réellement une Deskare ni réellement une Okare.

– Mais… J'ai toujours cru que j'étais une plume-noire… comme mon père, murmurai-je, atterrée.

J'avais l'impression d'être dans le brouillard le plus complet.

– Je sais que c'est dur à entendre, vraiment, mais c'est bel et bien pour ça que tu es si faible et fragile.

– C'est impossible, sifflai-je, ne voulant y croire. Ça

ne peut pas être ça...

Je ne pouvais pas être aussi mal en point pour une raison... si bête.

– Je suis désolée, fit-elle, sincère.

– Et que puis-je faire contre ça ? la questionnai-je, hagarde.

– Toi ? Rien.

– Rien ?

Elle n'était tout de même pas sérieuse ? Intérieurement, je priai pour que tout ça ne soit qu'une farce. Une mauvaise farce.

– Tu n'en as pas le pouvoir, m'apprit-elle.

– Mais...

Je me tus et baissai les yeux. Si je ne pouvais rien y faire, à quoi cela servait-il d'enfin savoir ?

– Ne te décourage pas, reprit la Brumeuse, il se peut que ton mal ne dure plus très longtemps.

Surprise, je relevai la tête.

– Que voulez-vous...

Je ne sus jamais finir ma phrase. D'un coup, je coulai au fond du lac...

Je m'éveillai en sursaut.

Il me fallut plusieurs minutes pour recouvrer mes esprits et prendre conscience de la situation. J'avais du mal à assimiler tout ce que m'avait confié la Brumeuse. Tout cela était-il possible ? Ma maladie n'était-elle réellement qu'une malheureuse histoire de gènes ? De la malchance pour un cas rare parmi les cas rares ? Je ne voulais pas y croire... Pourtant, c'était la seule hypothèse qu'on m'avait fournie et je ne voyais pas

Swanhilde me mentir à ce sujet…

Alertée par mon brusque réveil, Azilis fut immédiatement sur ses gardes.

– Tout va bien ? m'interrogea-t-elle.

– Oui, ne t'en fais pas, soupirai-je.

– Tu as pu voir la Brumeuse ?

Je hochai la tête. Réflexe stupide étant donné que nous étions dans le noir complet.

– Oui, affirmai-je alors.

– Et ?

Elle essayait de garder une voix neutre. Toutefois, je perçus de l'impatience et de la curiosité dans son ton.

Rassemblant tous mes souvenirs pour ne rien omettre, je lui relatai mon entrevue avec la belle-sœur d'Ehuel. Afin d'être sûre de n'éveiller aucun occupant de la maison, je me forçai à chuchoter.

Une fois mon récit terminé, Azilis adopta un ton plus grave.

– Ce serait donc ça, siffla-t-elle entre ses dents. T'a-t-elle dit comment guérir de ce mal ?

– Non, confiai-je en secouant la tête. Mais tu penses qu'elle a raison ? Que ce qu'elle dit est possible ?

– Je n'ai encore jamais entendu parler d'une telle chose, m'avoua-t-elle, mais notre monde cache bien des surprises et ça ne me paraît pas impossible. Ce qui m'inquiète, c'est qu'elle ne t'ait pas dit comment te guérir !

– D'après elle, soufflai-je, je n'en ai pas la puissance.

– Je suis désolée…

Je perçus la tristesse dans sa voix et en fût touchée. J'avais parfois l'impression que les autres souffraient

247

plus que moi de me voir dans cet état. Et c'était également pour ça que je souhaitais recouvrer la santé. Je ne voulais plus voir mes proches malheureux à cause de moi…

– Eh bien, Swanhilde a tort ! s'écria-t-elle tout à coup. Moi, je sais que tu es forte et que tu peux vaincre ce mal !

Sa confiance me toucha énormément. Plus que je ne voulais bien l'avouer. Aussi, c'est avec le sourire que je lui dis ces quelques mots :

– Elle m'a laissé entendre que je pourrais bientôt aller mieux.

– Vraiment ?

– Je pense.

– T'a-t-elle dit ces mots exacts ? me demanda-t-elle, comme suspicieuse.

– Non, soupirai-je.

– Sais-tu quand et comment au moins ?

– Je me suis réveillée avant qu'elle ne puisse me le dire, avouai-je, quelque peu déstabilisée par ses questions.

Jurant, elle se mit à marmonner sur mon manque de chance dans mes entrevues avec la Brumeuse.

– Je pense que c'est elle qui m'a sorti de mon rêve, lui déclarai-je. Elle ne devait sans doute pas vouloir m'en dire plus.

Après un court instant de silence, elle reprit la parole :

– C'est étrange, tu ne trouves pas ?

– Je crois… je crois qu'elle a voulu me faire passer un message, lui appris-je.

– Lequel ?

– L'espoir.

– Mais… pourquoi ?

– S'il y a encore de l'espoir pour ma maladie, souris-je, je ne dois pas perdre espoir quant à l'issue de cette guerre.

Arsinoé Dasaraël

Kadaria

Une fois que la Reine fut tranquillisée à mon sujet – plus par confiance en son fils qu'en moi-même –, nous sortîmes des cachots.

Étrangement, nous n'eûmes pas à retraverser toutes les salles. À peine avions-nous posé les pieds hors de la pièce que nous nous retrouvâmes à l'extérieur de la grotte, près des rochers de fin de royaume. Au sol, nos armes paraissaient nous attendre.

Craignant tout de même un piège, nous les ramassâmes prudemment, mais il ne se passa rien.

– Nous… On a réussi, murmura Blake, comme étonné.

– Tu en doutais ? le narguai-je.

– Honnêtement ? fit-il. Oui. À un instant, j'ai même cru que cette chose allait l'emporter.

Même si je ne l'avouerai jamais, moi aussi, j'avais bien failli perdre espoir lors de ce combat.

– Il nous faut aller reprendre le château ! s'écria la Reine. Ehuel y a établi son repère.

Son fils se tourna vers elle.

– Nous irons, Mère. Mais avant tout, je dois vous

indiquer un lieu sûr où vous rendre.

– Un lieu sûr ? répéta-t-elle, sceptique. Je ne vais pas me cacher pendant que mes sujets tremblent de peur ! Je viens avec vous, lui affirma-t-elle.

Blake soupira. Quant à moi, je dus me retenir de rire. Être têtu semblait vraiment être un trait de famille.

– Mère, je conçois votre désir de vous battre, je vous l'assure, lui déclara-t-il. Mais je ne peux vous laisser faire. Vous êtes l'espoir du peuple.

– Je…

– Et pensez à Arsinoé, la coupa-t-il. Votre fille est là, cachée quelque part, ne sachant même pas si vous êtes encore en vie ou non. Ne voulez-vous pas la rassurer et veiller sur elle ?

Ce dernier point sembla rendre la Reine à court d'arguments. C'était très malin d'avoir joué sur l'instinct maternel. Presque cruel, mais malin.

– Fort bien… céda-t-elle. Mais promets-moi d'être prudent.

– Je le suis toujours, lui sourit-il.

J'aurais bien contesté, mais ce n'était vraiment pas le moment. Alors, Blake lui indiqua comment se rendre chez Alice.

Juste avant de partir, la Reine vint vers moi, me surprenant.

– Que tu sois avec nous pour de bonnes ou de mauvaises raisons, me dit-elle, je t'en prie, veille sur mon fils.

M'approchant, je la regardai droit dans les yeux.

– Je vous le promets, jurai-je.

Me rappelant qui elle était, je m'empressai d'ajouter :

– Majesté.

Elle me détailla, comme cherchant quelque chose.

– Vous ne ressemblez plus à la guerrière qui terrorisait mon peuple, me déclara-t-elle.

– Je n'ai plus l'impression d'être une guerrière, lui confiai-je. Et c'est grâce à votre fils, précisai-je. Il m'a appris que je pouvais être qui je voulais.

La Reine me sourit.

– Vous l'aimez, m'affirma-t-elle alors.

Sous le coup de la surprise, je ne sus rien répondre.

– Cela se voit sur votre visage, poursuivit-elle.

– Je… voulus-je protester.

– Ne vous inquiétez pas, je garderai votre secret, me coupa-t-elle. Veillez l'un sur l'autre.

Je n'eus même pas le temps de contester. Déjà, elle me tournait le dos et disait au revoir à son fils.

Son affirmation me perturbait. Aimais-je Blake ? Certes, je ne le détestais plus et appréciais sa compagnie, mais pouvais-je parler d'amour pour autant ?

Puis, je repensai à la façon qu'il avait de se conduire avec moi, à la confiance qu'il m'accordait. Et à ses mots : « Je ne te laisserai pas seule ». Aussitôt, je me mis à rougir et eus une drôle de sensation dans l'estomac.

Se pourrait-il que j'aie des sentiments pour lui ?

Je ne devais pas y songer, il fallait que je me reprenne. Je n'avais pas le temps d'être futile. Nous étions en guerre. C'était ça, le plus important. Je savais que je donnerais ma vie sans hésiter si ça nous permettait de vaincre Ehuel !

Une fois que la Reine fut partie, je m'avançai vers le

Prince et l'interrogeai :

– Comment va-t-on s'approcher du château sans se faire repérer ? Je suis sûre qu'il y aura des gardes partout !

– Te souviens-tu de ce qu'Arsinoé nous a dit ?

– Sur la Brumeuse ? fis-je, surprise.

– Avant cela. Elle nous a expliqué qu'elle et Azilis avaient quitté le palais par un tunnel menant à la forêt des Brumes.

– Tu veux dire… ?

– Exactement. Nous allons infiltrer le château.

Nous pénétrâmes dans la forêt des brumes. L'endroit ne nous inspirait plus aucune peur. Nous savions que Swanhilde veillait sur nous. Seuls les cris des âmes torturées restaient effrayants. Ils résonnaient en nous, comme un écho de ce qui nous attendait si jamais nous échouions.

Au bout d'un moment, je commençai à trouver notre marche curieusement longue.

– Il est encore loin, ce fameux tunnel ? demandai-je.

– Plus très loin, m'affirma Blake.

Mais il n'y avait aucune conviction dans sa voix.

– Petit Prince ? l'interpellai-je.

– Hmm, se contenta-t-il de me répondre.

– Il y a un souci ?

Il ne me répondit pas. Anxieuse quant à ce silence, je l'appelai une fois de plus.

– Blake ?

– Tu me donnes ta parole de ne pas te mettre en colère ?

Voilà qui promettait… et m'offrait une excellente raison de m'inquiéter.

– Je te le jure, affirmai-je, pas sûre de pouvoir tenir ma promesse.

– Je n'arrive pas à trouver le chemin… m'avoua-t-il enfin.

– Quoi !?

– Je savais que tu allais adorer ça, essaya-t-il de plaisanter.

Sous mon regard noir, il se justifia :

– Avec toute cette brume, j'ai l'impression d'évoluer dans un labyrinthe.

– Tu veux dire qu'on marche depuis des heures, sans savoir où on va !? hurlai-je presque.

À nouveau, il choisit de ne pas me répondre et je m'emportai :

– Bravo ! Quelle bonne idée de vouloir prendre ce tunnel ! Nous sommes maintenant perdus à un endroit où personne ne nous trouvera jamais. Et pendant ce temps, Ehuel prend le pouvoir, c'est formidable !

– Calme-toi, s'il te plaît, m'implora-t-il.

– Je me calmerai quand tu auras repéré ce foutu passage !

Peut-être n'aurais-je pas dû crier. Blake était quelqu'un de placide, mais sa patience avait des limites.

– J'arriverais sans doute à trouver le chemin si tu cessais de hurler ! cria-t-il à son tour. Et si tu as une meilleure idée pour entrer dans le palais, je t'en prie, fais la savoir, je suis tout ouïe.

Je soupirai.

— Tu nous as amenés ici, tu nous en sors, sifflai-je.

Encore plus en colère, je le vis s'apprêter à me répliquer. Toutefois, ses mots ne me frappèrent jamais. Avec un soupir las, il m'envoya promener d'un geste du bras et fit quelques pas. Il se laissa ensuite tomber au sol.

J'eus presque immédiatement des regrets. Peut-être étais-je allée un peu trop loin ?

Il était épuisé, je le savais. Je savais aussi qu'il ne voulait qu'une chose : qu'on atteigne notre but. Ça ne servait à rien de lui mettre encore plus de pression. Dissous, nous ne vaincrions jamais Ehuel…

Respirant un bon coup, je m'approchai de lui.

— Je suis désolée, murmurai-je.

Je n'avais pas l'habitude de m'excuser et n'aimais pas ça.

Le Prince Okar leva vers moi des yeux surpris.

— Aurais-je mal entendu ou viendrais-tu juste de me présenter des excuses ? me nargua-t-il, une pointe de colère dans la voix.

— N'exagère pas trop, grinçai-je entre mes dents.

C'était déjà bien assez dur comme ça.

— Je suis désolée de t'avoir hurlé dessus. Tu n'as pas demandé à te perdre et je n'ai pas de meilleur plan, c'est un fait, déclarai-je d'une traite, souhaitant que ce soit suffisant.

Silencieusement, il acquiesça. Je n'avais eu droit qu'à un mouvement de tête… Il allait vraiment mal.

Espérant ne pas me faire rejeter, je m'assis à ses côtés.

– C'est vrai que je ne suis pas très douée, mais mes excuses étaient sincères, lui affirmai-je doucement.

Enfin, j'eus droit à l'un de ses sourires. Il n'était pas bien grand, mais c'était toujours ça.

– Je sais, murmura-t-il. Je n'aurais pas dû m'emporter, pardonne-moi.

– Il y a autre chose qui te tracasse, compris-je.

Un moment, il resta silencieux, le regard dans le vide, et je me demandai s'il allait ou non se confier.

– Quel genre de prince suis-je si je ne suis même pas capable de trouver mon chemin ?

– Tu es un prince formidable, lui certifiai-je. À aucun moment, tu n'as baissé les bras. Tu te bats chaque jour un peu plus pour ton peuple. Tu n'as pas le droit de douter de toi. Vraiment ! Tu es admirable. Tu es juste, tu cherches à voir au-delà des apparences. Tu m'as même donné ma chance. Je sais que personne d'autre ne l'aurait fait, soufflai-je.

– Je n'ai pas le sentiment d'être un bon souverain… m'avoua-t-il.

– On a tous nos hauts et nos bas, l'important, c'est de tout surmonter.

– Mon père ne se serait jamais perdu, lui.

– Tu l'aimais beaucoup, n'est-ce pas ?

– C'était mon modèle. Tout ce que je sais, tout ce que j'essaie de mettre en pratique, c'est lui qui me l'a enseigné, m'apprit-il. Même s'il n'a pas régné longtemps, c'était un grand roi. Il était bon et juste. Il me permettait souvent d'assister au conseil avec lui et me demandait mon avis. Puis, il m'expliquait son point de vue à lui, pourquoi j'avais tort ou pourquoi telle solution était la meilleure pour le peuple.

– Ça avait l'air d'être quelqu'un de bien, murmurai-je.

– Il l'était, m'affirma-t-il, le regard vague, comme plongé dans ses souvenirs.

– Comme toi, tu l'es, lui déclarai-je, sincère.

Cette fois, il m'offrit un vrai sourire.

– Merci, Kadaria.

Me prenant délicatement la main, il ajouta :

– Je pense honnêtement que depuis le début de cette guerre, tu es mon alliée la plus précieuse.

Une heure plus tard, nous marchions toujours dans l'inconnu, incapable de localiser ce maudit tunnel. La nuit tombait et nous fûmes forcés de nous arrêter. Blake avait bon espoir de communiquer avec Swanhilde durant son sommeil. Aussi, nous ne tardâmes guère à nous coucher.

Malheureusement, quand l'aube nous éveilla, ce fut pour nous apprendre que mon allié avait dormi sans faire le moindre rêve. Alors que le Prince désespérait de pouvoir un jour trouver le chemin, je me surpris à appeler la maîtresse de ce lieu.

– Swanhilde, murmurai-je, on a besoin de vous pour vaincre Ehuel… Ne nous laissez pas tomber maintenant.

Je regardai autour de moi, priant pour l'apercevoir. Rien.

– Swanhilde, l'interpellai-je plus fort.

– Je ne suis pas sûr que ce soit utile, me dit Blake.

Alors que je perdais espoir, nous vîmes un corps prendre vie dans la brume… Je reconnus immédiatement le vieux.

– Grand-père ! m'exclamai-je, surprise.

Blake fut aussitôt sur ses gardes. Toutefois, Belogor n'était pas là pour se battre. Il n'était même pas réellement là. Ce n'était plus qu'un esprit tourmenté...

D'un geste de la main, il nous indiqua une direction

– C'est Swanhilde qui nous l'envoie, me réjouis-je.

Immédiatement, alors que je chuchotais un remerciement presque inaudible, nous prîmes le chemin indiqué, courant presque.

Bientôt, un autre corps sortit de la brume

– Hawk ! s'écria mon ami, épouvanté. Non...

– Blake ? l'interrogeai-je.

– Il ne devrait pas être ici, s'attrista-t-il, désemparé. Il est mort par ma faute, comprit-il. Il... il m'a aidé...

– Tu n'es pas responsable de sa mort, voulus-je le rassurer, posant ma main sur son épaule.

Mais je vis à son expression que quoi que je dise, son avis ne changerait pas... Cette guerre était en train de faire bien trop de victimes à mon goût.

– Il faut y aller, le priai-je. Il nous montre la direction.

Le regard sombre, le Prince acquiesça.

– Je te vengerai, Hawk ! promit-il avant de se remettre en route.

De nouveau, nous suivîmes le chemin indiqué. J'aurais voulu pouvoir dire quelque chose à Blake pour le consoler, mais je ne trouvai jamais les mots. La perte de son ami soldat l'affectait beaucoup, je le voyais bien et craignais qu'il ne se culpabilise trop...

De temps à autre, d'autres individus sortaient de la brume pour nous désigner quelle direction suivre et, finalement, nous arrivâmes à l'entrée du passage.

— Nous avons réussi ! m'écriai-je, réellement heureuse.

— Ne crions pas victoire trop vite. Le plus dur reste à venir…

— Je t'ai déjà dit que j'admirais ton optimisme ? le narguai-je, essayant de lui faire oublier son chagrin.

Il soupira. Raté, songeai-je.

Sans joie, nous pénétrâmes enfin dans le tunnel.

Bien plus tard, après ce qui nous parut être des heures et des heures interminables, nous arrivâmes à la fin du passage.

— Ne bouge pas, m'ordonna le Prince. Je vais voir si la voie est libre.

Je ne répondis pas et le laissai jouer au chevalier servant, prête à aller l'aider en cas de problème.

— Kadaria, m'appela-t-il bientôt.

Je le rejoignis dans ce qui m'avait tout l'air d'être une chambre.

— C'est la tienne ? demandai-je.

— Celle de ma sœur. Je dors dans une tour de guet.

Étonnée, je l'interrogeai :

— Et pourquoi le Prince ne dort-il pas dans une chambre… plus royale ?

— J'en avais une, m'assura-t-il. Très spacieuse et respirant le luxe. Mais je l'ai laissée aux réfugiés. Ils avaient plus besoin d'espace que moi.

Je ne savais pas quoi répliquer. Il m'avait répondu ça si naturellement… Comme s'il n'avait pas conscience de la noblesse d'âme dont il faisait preuve. Si son père était tel qu'il me l'avait dépeint, il en était bien le digne successeur, quoi qu'il puisse penser.

– Bon, dis-je alors, et si on sortait de cette chambre ?
Il acquiesça.

– Invoque ta lance, me demanda-t-il. Le palais doit grouiller de gardes. Je les considère tous comme des amis, mais la menace d'Ehuel leur a sûrement fait oublier ça…

– Surtout que nos têtes sont mises à prix, ajoutai-je, acquiesçant à mon tour.

Tentant de faire le moins de bruit possible, le Prince s'approcha de la porte et l'entrebâilla un peu. Puis un peu plus.

– Personne, dit-il après avoir passé sa tête dans le couloir.

– Tant mieux, murmurai-je.

Prudemment, nous longeâmes le corridor, attentifs au moindre son. Pour l'instant, la chance nous souriait.

Mais comme nous tournions à l'angle du couloir, nous fîmes face à un garde faisant sa ronde. Alors qu'il allait hurler, je plaquai ma main sur sa bouche.

– Et merde ! pestai-je. Que fait-on ?

– Akiah, l'appela doucement mon allié. Nous ne sommes pas tes ennemis. Ehuel, si. Nous sommes ici pour le vaincre, déclara-t-il.

Ou du moins, essayer de le vaincre, pensai-je au fond de moi. Je ne possédais pas le soudain optimiste de Blake.

– Nous aideras-tu ? demanda ensuite celui-ci au soldat.

Ce dernier hocha la tête et je le relâchai. Se tournant

vers son prince, il murmura :

– Je suis désolé…

Et il partit à tire-d'aile.

Blake réagit au quart de tour. S'envolant, il rattrapa l'Ailé en deux battements d'ailes et l'assomma à l'aide du pommeau de son épée.

– C'est moi qui suis désolé, souffla-t-il.

– Radical, rapide et efficace, j'approuve ! commentai-je.

Soupirant face à ma remarque, le Prince cacha le corps et continua sa progression, encore plus prudent. Je le suivis sans rechigner.

J'avais du mal à me concentrer sur ces longs couloirs. Je ne pensais plus qu'à notre affrontement avec le déchu. À un instant, je faillis même prendre la mauvaise direction.

– Kadaria ! me rappela Blake, sifflant presque.

Je le rejoignis aussitôt.

– Pardon, j'avais la tête ailleurs.

– Ce n'est pas le moment.

Sa voix était froide, tranchante. Je ne m'en offusquai pas, bien que j'aurais pu – je ne supportais pas qu'on me parle de cette façon. Je savais que Blake était tendu, très nerveux. Il ne m'aurait probablement jamais répondu comme ça autrement. Du moins, je l'espérai.

J'avançais toujours quand je me sentis tout d'un coup plaquée contre un mur.

– Quelqu'un approche, souffla le Prince.

Effectivement. Maintenant que je n'étais plus dans mes pensées, je l'entendais. Un bruit de pas venait vers nous. Précipitamment, nous nous dissimulâmes dans l'ombre. Une Okare d'une trentaine d'années portant l'uniforme de la garde passa près de nous, mais par chance, continua son chemin. Heureusement que Blake n'avait pas laissé le soldat assommé au beau milieu du couloir...

– Vous engagez aussi les Ailées dans la garde ? m'étonnai-je une fois qu'elle se fut éloignée.

– Bien sûr. Pourquoi ne le ferions-nous pas ?

J'en restai sans voix quelques secondes.

– Désolée, j'ai entendu tellement de choses chez moi que ça m'a surprise, me justifiai-je.

Il me regarda en haussant un sourcil, curieux.

– J'ai toujours cru que seuls les Ailés pouvaient combattre hors du manoir Bazori. Et comme je n'ai jamais affronté l'une de vos gardes, je n'ai jamais été démentie, c'est tout.

– C'est dommage.

– C'est du passé. Concentrons-nous plutôt sur notre mission.

Je n'aimais pas parler de mes antécédents de Bazori. Je désirais même pouvoir oublier celle que j'avais été...

Blake acquiesça et nous continuâmes notre lente progression. Il nous fallait atteindre la salle du trône. Endroit où Ehuel serait sûrement. J'espérais que nous n'aurions pas trop de gardes à affronter, mais je ne me faisais pas d'illusions... Il fallait surtout que je reste concentrée.

– Nous allons descendre dans les cuisines, m'informa bientôt Blake.

– Pourquoi ? demandai-je, surprise.

Il n'avait tout de même pas faim dans un moment

pareil !?

– Parce qu'il y a moyen d'accéder à la salle du trône par là. Par un escalier dérobé, m'apprit-il. Nous pouvons certes passer par le couloir principal, mais en cas de besoin, des cuisiniers seront plus faciles à maîtriser que des soldats.

Et un point pour le Prince Okar, un !

– Je te suis, l'informai-je alors.

Le peu de personnes que nous eûmes à éviter jusqu'aux cuisines nous apprit à quel point Ehuel avait été sélectif dans le choix des employés à garder.

Premièrement, chose malheureuse mais prévisible, il n'y avait plus aucun Deskar. Il les avait probablement tous éliminés… De plus, même sans les plumes-noires, d'après Blake, il ne restait quand même plus grand monde. Ehuel les avait-il également tués, ou bien leur avait-il laissé une chance ?

Finalement, nous atteignîmes les cuisines et priâmes pour qu'elles soient désertes. Ce fut Blake qui en ouvrit la porte. Un homme se tenait juste devant nous, surpris.

– Prince ! s'exclama-t-il.

– Dimitry, le salua Blake, ne sachant pas s'il était de notre côté ou non.

– Êtes-vous inconscient, Sire ? Suivez-moi.

Le Prince n'en fit rien.

– Je suis navré de devoir te poser la question, Dimitry, mais es-tu avec nous ou contre nous ?

– Je suis avec la justice, Sire, vous l'avez toujours su.

Blake acquiesça, souriant. Mais pouvions-nous réellement lui faire confiance ? Pour ma part, j'en doutais.

– Entrez avant qu'on ne vous surprenne, nous pria-t-il ensuite.

Il était seul dans les cuisines, une chance pour nous.

– Pourquoi êtes-vous venu vous jeter dans la gueule du loup ? nous demanda-t-il.

– Je viens reprendre le trône de Mère, déclara Blake avec assurance.

Une assurance que je sentais feinte.

– Vous n'avez aucune chance contre lui, Sire.

– Nous pensons le contraire, intervins-je, m'étonnant moi-même.

Le chef me dévisagea. Je commençais à y être habituée désormais.

– Bien, souffla-t-il. De quoi avez-vous besoin ?

Il capitulait un peu vite, ne pus-je m'empêcher de songer. Mais le Prince le connaissait mieux que moi. Mes doutes n'étaient peut-être pas fondés.

– Juste de rejoindre la salle du trône, lui expliqua Blake.

– Vous ne devez surtout pas vous y rendre maintenant ! s'écria presque le cuisinier.

– Mais il nous faut combattre Ehuel, insista mon ami.

– Sire, loin de moi l'idée de vous commander, mais je vous conseille vivement de ne pas y aller pour le moment. Ehuel a convoqué tous ses soldats ou presque, j'en ignore la raison. Ce serait du suicide que d'apparaître dans la salle du trône.

Et merde ! pensai-je. Nous n'avions guère prévu ça.

Semblant réfléchir, Blake demanda :

– Sommes-nous en sécurité ici ?

– Tant que je serai le chef cuisinier de ce palais,

personne ne vous trouvera, Sire.

– Fort bien. Vérifie que personne ne peut nous déranger et informe-toi. Je veux savoir quand Ehuel est seul.

– À vos ordres.

Force m'était de constater que Blake était un très bon commandant. Mais je n'étais toujours pas convaincue que Dimitry soit digne de confiance. S'il y a bien une chose utile que j'avais apprise au manoir, c'était de ne jamais me fier à personne. Aussi, j'attendis que le cuisinier s'éloigne un peu avant de m'adresser au Prince.

– À quel point es-tu sûr de sa loyauté ? lui chuchotai-je.

– Qu'est-ce qu'un souverain qui ne sait faire confiance à ses sujets ?

Était-ce vraiment une réponse ?

– Je pense que c'est un souverain qui reste en vie, rétorquai-je.

– C'est quelqu'un d'éloigné de son peuple, vivant constamment dans la peur, me contredit-il. Je ne saurais et ne veux devenir ce genre de personne.

Il n'avait sans doute pas totalement tort…

– Et à quel pourcentage estimes-tu nos chances de réussite ? l'interrogeai-je tout à coup.

Allait-il aussi éviter cette question ?

– Je n'en ai pas la moindre idée, me sourit-il tristement.

– Penses-tu au moins être toujours en vie à la fin de cette journée ?

Son regard m'en dit plus long que n'importe quelle réponse…

– Tu es prêt à mourir pour ton royaume, compris-je.

Il baissa la tête quelques secondes et souffla. Quand il releva les yeux, j'y vis briller une détermination infaillible.

– Kadaria, m'appela-t-il presque gravement.

– Oui ?

– Si jamais je venais à périr, j'aimerais que tu saches que je…

– Quelqu'un arrive ! l'interrompit Dimitry. Cachez-vous.

– Viens, me dit le Prince en m'entraînant.

Il savait exactement où nous devions nous dissimuler. Mais… qu'avait-il voulu me dire juste avant ?

– Nous allons enfin savoir si ce Dimitry est loyal ou non, ne pus-je m'empêcher de murmurer.

Les nouveaux arrivants étaient des commis de cuisine venus demander un repas pour leur « maître ». Même de là où je me tenais, j'arrivais à percevoir le peu d'estime qu'ils avaient pour Ehuel.

Aussitôt les plats confiés, ils repartirent et nous pûmes sortir de notre misérable cachette.

– S'il réclame à manger, c'est que son conseil est fini, nous déclara le chef. Allez-y tant qu'il est temps.

– Merci, Dimitry, le remercia le Prince. Si nous nous en sortons vivants, sois sûr que ta loyauté sera récompensée.

Alors que nous nous apprêtions à prendre le passage vers la salle du trône, le cuisinier nous rappela.

– Sire ?

– Oui ?

– Bonne chance.

Hochant la tête, Blake m'entraîna dans le passage.

– À cette heure, me déclara-t-il, ce chemin doit être désert. Avec un peu de chance, Ehuel ignore même son existence.

– Je n'ai pas pour habitude de compter sur la chance, l'informai-je.

La nervosité commençait à m'envahir. Avions-nous le moindre espoir de réussite ?

– Moi non plus, me confia-t-il dans un sourire crispé.

Au moins, je n'étais pas la seule à m'inquiéter.

Bientôt, nous arrivâmes devant une porte en bois.

– Ça y est, dit Blake. L'heure est venue. La salle du trône est juste là, derrière.

– Pour les Ailés ? proposai-je comme encouragement.

– Et pour Khalitekla, compléta-t-il en me prenant brièvement la main, un sourire timide sur le visage.

Alors, nous ouvrîmes la porte. Porte qui grinça horriblement.

– Qui va là ? héla Ehuel. Mon dîner a déjà été servi !

Le passage n'était pas un secret pour lui, visiblement.

Immédiatement, nous invoquâmes nos armes et avançâmes prudemment vers le trône. Le déchu nous tournait le dos. Peut-être avions-nous une chance de le surprendre… Mais au bout de deux pas, impatient et n'obtenant pas de réponse, Ehuel se retourna et nous fixa.

– Ce n'est que nous, sifflai-je alors, tentant de ne pas montrer ma peur.

– Vous ! rugit-il en nous envoyant à l'autre bout de la pièce à l'aide de ses pouvoirs.

Invoquant une dague, il la lança sur Blake, mais celui-ci parvint à l'éviter de justesse.

Ouf !

— Vous avez tué mon fils ! explosa le déchu.

Mais de quoi parlait-il ?

— Le seul tueur ici, c'est vous ! hurlai-je.

Il y avait bien plus de haine dans ma voix que je ne l'aurais cru.

— Comment une Bazori peut-elle dire ça ? Les Deskars sont les pires assassins que Khalitekla ait jamais connus ! tempêta-t-il, rematérialisant sa dague dans sa main.

Je crus qu'il allait me viser, mais il se contenta de la faire tourner entre ses doigts, le regard meurtrier. Immédiatement, je me revis en train de tuer des Ailés, des innocents que je pensais coupables.

— Ne l'écoute pas, m'ordonna presque Blake en se relevant.

Ne voulant pas laisser Ehuel me déstabiliser, je me mis debout à mon tour et lui répondis.

— Je suis une guérisseuse, clamai-je, tentant de me donner une certaine contenance.

Le déchu éclata de rire.

— Tu n'es qu'une arme et tu le sais. Et tous deux allez mourir pour le meurtre que vous avez commis.

Ce disant, il s'approcha de nous, marchant. Instinctivement, Blake et moi volâmes de l'autre côté de la pièce.

— De quel meurtre parlez-vous, bon sang ? pesta Blake, essayant de gagner du temps.

— Vous ne croyez tout de même pas que je ne vois pas

clair dans votre jeu ? Mais soit, j'accepte de vous laisser un peu de temps, sourit-il sournoisement. Regardez, je suis fair-play, je range même les armes, dit-il en faisant disparaître sa dague.

Sachant qu'il était capable d'user de magie, je n'appelais pas ça être fair-play... Mais avions-nous le choix ?

– De quel meurtre parlez-vous ? répéta le Prince.

– Si vous l'ignoriez vraiment, vous ne seriez pas ici, cracha-t-il.

Réfléchissant à ses paroles, je ne vis qu'une solution.

– Il parle de sa créature, je crois, soufflai-je pour que seul mon allié puisse m'entendre.

Peine perdue.

– Ce n'était pas une créature ! tempêta Ehuel, le regard dément. C'était mon fils !

Levant sa main, il me souleva brusquement dans les airs. J'étais incapable de bouger ! Progressivement, il referma ses doigts et je sentis comme un étau se confiner autour de ma gorge. J'étouffais.

– Lâchez-la ! hurla Blake.

Je commençai à voir trouble...

De son autre bras, le déchu immobilisa mon allié, l'empêchant de m'aider.

– Je vous ai vu créer cette... votre fils, déclara prudemment le Prince. Vous l'avez invoqué avec votre sang...

Je ne savais pas quel était son but premier, mais ce fut efficace, Ehuel me défit de son emprise et je tombai lourdement par terre.

– C'est exact, cracha-t-il en direction de Blake. Ma

magie aurait dû me ramener mon enfant. Celui que je n'ai jamais vu naître à cause du clan de cette Deskare ! hurla-t-il.

Était-ce une impression ou le sol tremblait-il réellement au son de sa voix ? Voilà qui n'annonçait rien de bon…

— Comment ça, « aurait dû » ? lui demandai-je avec rage. Vous avez pourtant bien réussi à créer cette chose.

J'évitai sa dague in extremis et elle tomba sur le sol. Je ne l'avais même pas vu l'invoquer !

— Pour revenir entièrement, siffla-t-il en me foudroyant du regard, mon fils avait besoin du sang de sa famille. Ce n'était que mon fils adoptif… Mon sang n'a pas eu l'effet désiré !

Voilà donc pourquoi cette créature était si hideuse…

— Il n'empêche qu'il m'a bien servi… Et que vous l'avez tué !

Il me lança un regard si noir que je crus qu'il me jetait un sort. Sous ce regard, j'étais incapable de lui répondre ou même de bouger.

— Ne vous en faites pas, s'écria Blake, vous ne tarderez pas à retrouver votre fils !

Ce disant, il invoqua son épée et fonça vers le déchu. Grâce à ses pouvoirs, Ehuel l'écarta comme s'il n'eut été qu'un misérable insecte.

— Crois-tu qu'une arme peut me vaincre ? le nargua-t-il sournoisement.

À mon tour, je tentai de le blesser. Ma lance double n'eut même pas le temps de l'effleurer. D'un simple geste, il me projeta dans la pièce. Mais comment allions-nous l'atteindre !?

– Vous voulez vous amuser ? siffla-t-il. Eh bien soit, jouons.

D'une rapidité incroyable, il invoqua un sabre et se retrouva au-dessus de moi. Sans prendre la peine de réfléchir ni de m'étonner – je pensais être la seule pouvant faire appel à deux armes différentes –, je repliai mes ailes. J'espérai sincèrement qu'elles étaient aussi résistantes à la magie qu'aux armes. J'entendis plus que je ne vis Blake courir vers nous et devinai qu'il se servait de sa pyrokinésie pour éloigner le déchu et me permettre de me relever.

– Intéressant… entendis-je souffler Ehuel.

Un instant, juste un instant, il se désintéressa de moi et je réussis à m'écarter de lui. Du moins assez pour me redresser. J'étais de nouveau prête à l'attaque !

À la place de ma lance, j'invoquai mon poignard et profitai qu'il combattait Blake pour m'en approcher rapidement. Je voulais lui planter mon arme dans le dos, mais il se retourna et elle lui effleura à peine le bras. Magiquement, il m'envoya valser plus loin. J'atterris sur un pilier. La douleur fut atroce ! Je m'étais sûrement cassé quelque chose.

Et merde !

Vérifiant qu'Ehuel était occupé à lutter contre le Prince et ses boules de feu, je fermai les yeux un instant et usai de mon don pour me guérir en vitesse.

Un bruit sourd me fit ouvrir mes paupières.

Blake ! Le déchu s'amusait avec lui comme un chat s'amuse avec une souris. Son pouvoir ne semblait pas avoir de limites, ses aptitudes au combat non plus. Mais qu'attendait Blake pour utiliser le contenu de la fiole offerte par Swanhilde !?

Ehuel le balançait d'un bout à l'autre de la salle sans aucune difficulté. La souffrance sur le visage de mon ami m'était insupportable !

Je fonçai.

Comme c'était à prévoir, je n'atteignis pas notre ennemi. Mais au moins, je parvins à le distraire assez pour qu'il relâche son emprise sur mon allié et lâche son sabre. Blake chuta à terre. En le voyant s'écrouler lourdement sur le sol et cracher du sang, mon cœur rata un battement. Non ! Ehuel ne perdit pas de temps pour m'expédier à ses côtés.

Alors que le monstre allait rechercher son sabre, marchant comme si nous n'étions pas une menace assez sérieuse pour qu'il use de sa magie, je me retournai vers le Prince.

– Ça va ?

Il se contenta de me regarder, respirant difficilement.

– La fiole de Swanhilde, murmurai-je, tentant de refouler mes larmes.

Nous allions nous en sortir, nous y arriverions, essayai-je de me persuader.

– Je n'arrive pas… à l'approcher assez pour… l'utiliser. Si je… la sors trop tôt, il l'attrapera sans soucis avec… ses pouvoirs, souffla-t-il.

Sa voix était irrégulière. Il avait du mal à respirer. Le déchu l'avait salement blessé ! Il fallait que je le soigne, ou il ne s'en sortirait pas. Je ne pouvais l'accepter ! Mais je n'avais pas le temps de prendre mon temps. Pas maintenant…

Alors, j'entourai son visage de mes mains et me

concentrai pour lui insuffler le plus de magie de guérison possible. Il tressauta et je retirai mes paumes, espérant que le choc n'avait pas été trop violent. Je n'avais encore jamais utilisé mon don de cette façon-là.

– Désolée, murmurai-je, j'ai envoyé la dose maximum en une fois.

– Merci, me sourit-il, frissonnant sous l'effet de mon pouvoir.

Il allait toutefois avoir besoin d'un peu de temps pour récupérer, malgré mes soins.

– Ne bouge pas tant que tu ne te sens pas prêt, lui ordonnai-je.

Le déchu s'avança dangereusement vers nous, un sourire sadique aux lèvres.

– Je l'occupe le temps que tu récupères puis tu l'attaques et sors la fiole, décidai-je, chuchotant précipitamment.

Il hocha la tête. Ehuel avançait toujours vers nous, d'un pas lent, comme si rien ne pouvait le contrarier.

– Blake, l'appelai-je en me redressant déjà légèrement.

– Quoi ? souffla-t-il, en alerte.

– Fais attention à toi.

Ce disant, je me retournai vers lui et l'embrassai rapidement. Je n'aurais peut-être plus jamais l'occasion de le faire…

Puis, j'invoquai ma lance double et fonçai tête baissée vers le déchu. Même si j'avais tenté de l'oublier, j'étais une guerrière. Je pouvais le vaincre ! Je n'avais qu'à le distraire assez de temps pour que Blake puisse utiliser la fiole.

Alors que j'arrivais à sa hauteur, je fus soulevée du sol. Encore cette foutue magie !

– Lâche ! hurlai-je.

Il jouait avec moi, je le sentais bien. Il ne faisait pas pression assez fort pour me broyer les os, juste assez pour me faire mal…

Mais moi aussi, je savais jouer !

– Le combat vous effraye-t-il à ce point pour que vous usiez si facilement de vos pouvoirs ? lui demandai-je hargneusement, articulant difficilement mes mots à cause de l'emprise qu'il avait sur moi.

– Me défierais-tu, Deskare ?

Dans sa bouche, ce dernier mot sonnait comme une insulte.

– Pourquoi pas ? m'entendis-je répondre. Je suis la Fleur du Chaos, après tout. La meilleure guerrière de mon clan.

Je le sentis accentuer sa pression sur ma gorge, mais me refusai à montrer ma douleur. Je ne lui ferai pas ce plaisir ! Je ne pouvais même pas détourner la tête pour voir si Blake se rétablissait ou non. J'espérais sincèrement que oui. Je ne pensais pas être capable de vaincre ce monstre seule…

– Tu *étais* la meilleure guerrière, me corrigea-t-il d'un air sadique. Ton clan n'est plus !

À ces mots, je sentis une haine immense m'envahir.

– Relevez-vous le défi ? crachai-je, ne voulant pas lui montrer que ses paroles m'atteignaient bel et bien.

– Tu es déjà morte, siffla-t-il.

Me projetant contre le trône, il me libéra de son emprise. Je me relevai immédiatement, prête pour la bataille, et essayai de lui porter le premier coup. Il le para avec aisance. Je n'eus pas le temps de voir quoi que ce soit qu'il était dans mon dos ! Sans mes ailes si spéciales, il aurait probablement réussi à me toucher gravement. Je ripostai, me battant autant avec mon arme qu'avec mes ailes.

Ces derniers jours, déçue et abattue par tout ce que j'avais découvert sur mon clan, j'avais tenté de renier ce que j'étais. Une Bazori. Mais si Blake avait raison, si je n'étais réellement pas un monstre, il n'en restait pas moins que j'étais également ce qu'on avait fait de moi : une arme ! J'étais une guerrière. Une redoutable guerrière. Et il était temps que je le prouve !

Déterminée, j'attaquai de ma lance double avec encore plus d'ardeur, mon arme ne faisant plus qu'un avec moi. Mes ailes m'entraînèrent dans une danse folle qui n'avait pour but que d'atteindre le démon se trouvant en face de moi. Plus rien n'avait désormais d'importance. Rien sauf ce combat !

Mais malgré tous mes efforts, Ehuel gardait l'avantage. C'était malheureusement un excellent guerrier. Il me blessa à plusieurs reprises, mais je tâchai d'oublier la douleur. Du moins tant que j'étais dans l'euphorie de la bataille.

J'avais l'impression que ça faisait des heures que je me battais et je me demandai si tout allait bien pour Blake. Ne devrait-il pas être sur pied maintenant ? J'eus la mauvaise idée de tourner la tête pour vérifier. Le déchu en profita pour m'entailler la joue de son sabre ! Je sentis le sang couler le long de ma jugulaire. J'allais sûrement garder une cicatrice, mais je n'avais pas le temps de m'en soucier.

Furibonde, je poursuivis mes attaques, je n'avais pas le droit de perdre ! Je l'atteignis au flanc et exultai en apercevant un liquide rouge imbiber ses habits.

Ce qui saigne peut mourir, pensai-je avec triomphe.

Je redoublai alors d'efforts pour l'attaquer. Je devais l'affaiblir le plus possible.

Mais alors que j'allais lui porter un coup, je me sentis immobilisée et une force inconnue me poussa en arrière. Le traître ! Il usait de sa magie. Je luttai, mais en vain. Je ne pouvais me défaire de son emprise. Bientôt, je ressentis de nouveau comme un étau se comprimer autour de ma gorge et je me mis à suffoquer. J'avais de plus en plus de mal à trouver ma respiration. Et je n'entendais pas Blake s'approcher. N'était-il pas encore rétabli ? J'avais peur de perdre ce combat...

Essayant de lutter, je sentis un liquide remonter dans ma trachée et crachai du sang ! Je me sentais de plus en plus faible...

– Lâche-la ! hurla soudain la voix de mon allié.

Surpris, le déchu se retourna et me laissa tomber. La chute me fit mal, mais pas autant que de devoir retrouver ma respiration.

Blake était presque sur Ehuel, la fiole de Swanhilde à la main. Presque imperceptible, un peu de fumée s'en échappait. L'issue du combat était proche. Enfin !

Ehuel prédit la manœuvre du Prince.

Utilisant une fois de plus sa magie, il se matérialisa derrière lui et lui porta un coup. Il fut tellement violent que Blake cracha du sang et s'écroula lourdement sur le carrelage dur et froid de la salle du trône. Tombant avec lui, la fiole se brisa et son étrange contenu se répandit sur le sol…

Non !

À l'expression du Prince, je sus que tout était fini.

Nous avions échoué… Sans la fiole, le vaincre était impossible. Tout était perdu. Je n'avais même plus la force d'appeler mon arme !

Mais en voyant Ehuel se précipiter dangereusement sur mon allié, prêt à l'achever, je me ressaisis. Il n'était pas question que je le laisse faire ! Il ne devait pas gagner cette guerre !

Regardant autour de moi, j'aperçus la dague invoquée par le déchu plus tôt. Je la saisis prudemment, essayant de me concentrer sur ce que je devais faire. Je sentis quelque chose sous mes doigts. Il y avait une inscription sur l'arme. Je me penchai pour la lire, malgré ma tête qui tournait.

I.R.

Étrange.

Puis, j'eus une idée ! Me déplaçant jusqu'à la fiole brisée, je trempai la dague dans le liquide répandu, espérant que ça serait suffisant. J'allais prendre un énorme risque, je le savais. Je n'étais même pas certaine de m'en sortir vivante… Mais il le fallait !

Dissimulant l'arme dans mon dos, je réunis le peu de forces qu'il me restait pour foncer vers Ehuel. Je voulais lui faire croire que j'allais l'attaquer avec mes ailes, ce qui était très probable. Il anticiperait mon geste, je le savais. Et je comptais bien là-dessus.

Comme mon aile allait le toucher, il la bloqua de son sabre et s'apprêta à faire appel à sa magie. J'étais très exposée, c'était lui ou moi !

Je ne réfléchis pas et lui plantai sa propre dague dans le ventre. Une expression de stupeur passa sur son visage. Je reculai vivement et priai pour que ça marche.

Puis, alors que je l'observais tenter de retirer l'arme de son corps, je ressentis la douleur…

Baissant les yeux, j'aperçus le sang sur ma tenue. Quand avais-je été touchée ? Comment avais-je pu ne rien sentir avant ? Portant la main à mon flanc, je dus retenir un cri tant la douleur fut intense ! Ma tête se mit alors à tourner et je dus résister pour rester debout. Ma vision se troubla. Je ne voulais pas me laisser envahir par les ténèbres et luttai encore plus, mais ce fut en vain.

Je m'écroulai à terre et le noir m'engloutit…

J'ouvris les yeux.

Ma vision fut d'abord trouble, mais je distinguai bientôt la pièce dans laquelle je me trouvais.

Une chambre.

Papillonnant des yeux, je cherchai à me redresser du lit sur lequel j'étais allongée. La douleur me força à rester couchée. Des bandages entouraient ma taille. Je devais être salement abîmée.

Peu à peu, je me remémorai mon combat. J'avais poignardé Ehuel et, je ne sais comment, il m'avait blessée en retour. Soufflant, je fermai mes paupières et usai de mon pouvoir de guérison. Ça me prit du temps, mais enfin, la douleur disparut et je pus m'asseoir.

Je ne m'interrogeai qu'à ce moment-là. Avions-nous gagné la bataille ? Ehuel était-il mort ? Ou préparait-il déjà une riposte, tapi à Alstec ? Me trouvais-je bien dans le palais ? Et pourquoi étais-je dans cette pièce ? Qui m'avait soignée ?

Toutes ces questions sans réponse commençaient à me donner mal au crâne lorsque la porte de la chambre s'ouvrit. Ce fut avec soulagement que je regardai Blake entrer. Il était en vie !

— Tu es réveillée, se contenta-t-il de dire en venant à mes côtés.

— On dirait bien, souris-je.

Puis, je me rappelai l'avoir embrassé et priai intérieurement pour qu'il l'ait oublié.

— Comment te sens-tu ? me demanda-t-il d'une voix douce.

— Comme quelqu'un qui peut se soigner magiquement, plaisantai-je tant bien que mal.

Il me sourit et, avant de me mettre à rougir, je me résolus à lui poser la question qui brûlait mes lèvres.

— Ehuel ? Il est…

— Mort, me confirma-t-il.

Je soupirai. Enfin, son temps avait pris fin. Les Deskars étaient à nouveau libres !

— Grâce à toi, ajouta Blake. Ton geste était très courageux, me complimenta-t-il.

— Mon geste était désespéré, le corrigeai-je.

— Peut-être, acquiesça-t-il, mais je ne serais plus là sans toi.

Je n'osai lui avouer que c'était pour cette même raison que j'avais tout tenté.

— Tu aurais sans doute trouvé le moyen de t'en sortir, soufflai-je.

— Qui sait ?

Nous nous regardâmes un moment puis, ne sachant que dire, je me contentai de l'interroger à nouveau :

– Que s'est-il passé exactement ?

– De quoi te souviens-tu ?

Je m'accordai quelques instants de réflexions. Tout me semblait tellement flou…

– De la dague, lui répondis-je. Et du sang.

J'étais incapable de revoir des images claires de la bataille.

– Je vois, murmura-t-il.

– Et de la fiole au sol, ajoutai-je. Je me rappelle très bien avoir trempé la dague dans son contenu.

– Eh bien, apparemment, ton plan a marché, me déclara-t-il. Ehuel a bien été atteint quand tu lui as porté ce dernier coup. Malheureusement, il a réussi à te toucher en même temps. Ta blessure était grave, m'apprit-il timidement. Tu as perdu connaissance.

La meilleure guerrière, tu parles, songeai-je amèrement.

– Peu après, poursuivit-il, Ehuel est tombé à genoux. Il avait l'air de beaucoup souffrir. Il s'est mis à… marmonner des choses incompréhensibles.

Bizarre.

– J'avais l'impression qu'il n'était plus là.

– Plus là ? le questionnai-je.

– C'est dur à expliquer, souffla-t-il. C'était comme s'il ne voyait plus la salle où nous étions, comme s'il voyait autre chose. Il n'a même pas réagi lorsque je me suis approché.

– Tu l'as approché !? m'exclamai-je, estomaquée. Alors qu'il vivait toujours ?

Mais pourquoi avais-je pris la peine de lui sauver la vie… Parfois, je me demandais s'il était courageux ou stupide.

– Ce n'était pas très prudent, je te l'accorde, me répondit-il, l'air un peu penaud.

– À qui le dis-tu !

– Toujours est-il qu'Ehuel ne m'a pas remarqué. Il était… comme ailleurs. Et je jurerais avoir vu des larmes sur ses joues !

– Ehuel, pleurer ? fis-je, sceptique.

– Je ne l'aurais sans doute pas cru si je ne l'avais pas vu de mes propres yeux.

C'en était presque trop bizarre pour moi…

– Puis, continua le Prince, il s'est écroulé en murmurant quelque chose.

– Quoi ? lui demandai-je, curieuse.

– Je n'en suis pas sûr, mais je pense qu'il s'agissait d'excuses.

– Il… s'excusait ?

J'étais de plus en plus perplexe.

– Oui, mais on aurait dit qu'il regardait quelque chose ou quelqu'un. C'était vraiment très étrange, me confia-t-il.

– Que crois-tu qu'il voyait ?

– Je ne sais pas trop…

Je le dévisageai et il ajouta :

– Il fixait le vide, mais…

– Mais ?

– Je pense qu'il regardait Ikael.

– Son mari ?

– Oui. Ce n'est qu'une hypothèse, bien sûr. Mais je

crois sincèrement que ce que nous a remis la Brumeuse était l'âme de son frère.

– De son frère, répétai-je, songeuse. Nous devrions le demander directement à Swanhilde, non ?

– J'ai essayé, m'apprit-il. Elle n'est plus entrée en contact avec moi depuis la dernière fois.

– Pourquoi ? m'étonnai-je.

– J'espère qu'Arsinoé pourra m'en dire davantage à son retour.

– Elle n'est pas encore là ?

J'allais de surprise en surprise.

– Mère tenait à s'assurer que tout était de nouveau sûr ici avant qu'elle ne rentre. Elle est donc revenue seule. Quand elle a enfin été rassurée, elle a absolument tenu à aller la chercher en personne dans les royaumes Terrestres. Elle n'a bien sûr pas pu partir immédiatement. Khalitekla avait besoin d'elle.

– Je vois, soufflai-je.

– Les jours à venir promettent d'être longs, soupira-t-il. Le peuple a peur et il y a tant à reconstruire…

– Je suis certaine que l'avenir du royaume s'annonce meilleur, le consolai-je.

Blake me regarda, un sourire de gratitude sur le visage.

– Tu devrais te reposer, me conseilla-t-il alors.

– Sans doute, soufflai-je.

Je n'avais aucune envie de dormir, mais je savais qu'il avait raison. Je pouvais au moins essayer, j'en avais besoin.

Je le fixai se diriger vers la porte, soulagée qu'il ne m'ait pas reparlé de mon baiser, quand il se retourna vers moi.

– Au fait, je n'ai pas rêvé, tu m'as bien embrassé ? me taquina-t-il.

Il n'avait pas oublié… Rougissant, je bafouillai :

– Je… Je ne vois pas de quoi tu parles.

Il rit, d'un rire doux qui me réchauffa le cœur.

Puis, devant mon air surpris, il me sourit tendrement. Amoureusement, oserais-je même dire. Alors, je ne sus l'empêcher : un sourire tout aussi doux se dessina sur mes lèvres, comme la promesse d'un avenir meilleur.

Kaelaria Bazori

Blake ne revit jamais plus la Brumeuse.

Lorsque je pus enfin repartir sur Terre pour aller y chercher ma fille, je la retrouvai métamorphosée. Son teint n'était plus aussi pâle, ses forces lui étaient revenues et surtout, ses ailes étaient dorénavant une mosaïque de plumes blanches et noires ! Émue, je ne sus retenir quelques larmes à la voir ainsi et si souriante…

En quelques mots, elle m'expliqua que c'était grâce à Swanhilde qu'elle avait pu recouvrer la santé.

Enfin délivrée de sa mission, celle-ci avait pu rejoindre le Royaume Éternel, mais avant, elle avait utilisé tout ce qui lui restait comme énergie pour la guérir.

Ma fille pouvait voler et mener une vie normale !

Malgré cela, notre retour jusqu'à Khalitekla fut long. Ses ailes étaient encore faibles, pas accoutumées à devoir la porter. Mais je savais que ce n'était qu'une question de temps et d'habitude.

Un jour, quand je fus un peu remise des événements, Kadaria m'apporta un petit journal et me pria de bien vouloir le lire. Ce même jour, elle m'apprit qui avait été sa mère…

Troublée, j'hésitai longtemps avant d'ouvrir ce carnet, et une fois que je sus la vérité, je fus très attristée. Je m'en voulais de ne pas avoir pu aider mon amie d'enfance, tout comme je n'avais pas su voir sa souffrance.

Peu de temps après, je décidai de montrer ce journal à Azilis. La Deskare vivait désormais dans une maison à Yoral et semblait aspirer à tout oublier de la guerre, mais avec bonté, elle accepta de me parler de la dure vie de Kira…

Peu à peu, le royaume se reconstruit.

Kadaria resta vivre au palais, partageant les appartements de mon fils. Avec le temps, j'appris à la connaître et à l'apprécier. J'en vins bientôt à la considérer comme ma propre fille.

Malgré les efforts qu'elle déploya pour aider à la reconstruction du pays, le peuple resta méfiant envers elle. Il faudra sans doute encore bien des années avant qu'il ne la voit plus comme la Fleur du Chaos, l'impitoyable Bazori…

Quand Blake me fit part de son désir de l'épouser, il renonça en même temps au trône. Il savait que les Ailés n'accepteraient jamais de voir l'ancienne guerrière devenir reine. Et Kadaria le comprenait sans peine.

Même si j'étais convaincue que Blake aurait fait un roi formidable, je ne m'attristai pas de cette décision. Bien au contraire, je me réjouissais de voir mon fils aussi heureux. De plus, bien qu'il lui restait beaucoup à apprendre, je savais qu'Arsinoé serait une bonne souveraine. Une reine qui, par la couleur de ses plumes, représenterait à merveille le peuple des Ailés et qui le réunirait une fois pour toutes.

Et aujourd'hui, même s'il y a encore beaucoup de choses à faire, je suis confiante. Car je sais que ce sont des jours meilleurs qui attendent Khalitekla.

Kida Dasaraël

Table des matières

Un grand merci...

À Justine pour sa relecture sérieuse, son avis sincère, ses remarques pertinentes et son soutien constant. Je ne te remercierai jamais assez pour tout ça.

À Anaïs pour croire en moi depuis le début, pour ses corrections et ses nombreux encouragements. Merci de toujours répondre présente.

À Virginie qui a été la première personne à entendre parler de cette histoire, pour sa relecture et son enthousiasme. Mais surtout, pour m'avoir donné envie d'écrire mes histoires lorsque nous étions plus jeunes.

À Barbara pour sa relecture malgré son emploi du temps chargé.

À mon grand-père paternel pour la rapidité de ses corrections.

À Lineora pour cette couverture magnifique et tout le temps qu'elle m'a accordé afin de la réaliser. Merci de mettre ton talent à mon service.

À Karen et Alice pour leur soutien et leurs nombreux encouragements. Vous n'imaginez pas à quel point ils me font du bien.

À Léa pour son aide quant à la construction du résumé

À Sizel pour m'avoir donné un avis sincère sur le résumé de la quatrième de couverture.

À ma sœur Delphine pour ses quelques remarques.

À vous qui tenez ce livre entre vos mains et me permettez de réaliser mon rêve.

Ce livre vous a plu ?

Retrouvez l'auteur sur sa page Facebook :

Rose P. Katell

CreateSpace
4900 LaCross Road
North Charleston, SC 29406

D/2015/Rose P. Katell, éditeur